# 看得見海的理髮廳

荻原 浩
HIROSHI OGIWARA

蘇暐婷｜譯

推薦

## 為了挽回的時光

言叔夏
台灣作家

讀完這本小說時，窗外已經是盛夏的七月了。很適合一座看得見海的理髮廳水洋洋地降落。低頻運轉的蟬噪聲響。遠處傳來海波的起伏。還有午後偶然造訪的雷陣雨，唰唰下得像是剪刀剪過了誰的頭髮。一切都透明得像是一隻從地平線彼端漂來的玻璃瓶。顯得輕晃。書頁闔在〈成年禮〉的最後一段：代替死去女兒參加成年禮儀式的父親與母親，在女兒昔日同學們的鼓舞下，在鏡頭前拍下照片。這本是一個多麼日劇式的結尾。有趣的是，荻原浩不避庸俗地選擇了一種極為平實的筆觸，極其平常（或者該說是日常）、看似寫無可寫卻又無法繞路地剖進了這個故事的內裡——這是他特有的尷尬與直進——尷尬的是，在看似平常、沒有皺褶的日常物事肌理表層，小說隨情節推進的種種行動顯得那麼必然，那麼地「不得不」，以致故事裡所有的通俗都成為難以繞路的石子。於是「直進」就是它的一種索性的方法：凡繞不過的，索性踩踏過去罷，一如通俗的人生。這樣的「直進」指向一種行動。一種無論如何也要活下去的意志。它因此有了一種在平靜無波的日常中、弔詭且悖論的非日常意味。那就如同在照相機的快門前，父親突然喊出：「一加一是？」這是屬於鈴音一家人專有的拍照提詞。有別於「西瓜甜不甜」的回覆必定是「甜」；為了讓相機前的人用力拉開嘴角微笑的肌肉，這「一加一」的答案，是那並不符合數學邏輯的「三」。

〈成年禮〉的最末一幕，或許正是荻原浩的小說本色。它讓這部輕盈得彷彿海上漂流理髮廳的小說，陡然有了垂墜的錨。不是數理邏輯下的「二」，而是為了發出笑聲、撐開嘴角的「三」。在這篇小說裡，這個被創傷重新加總演算過後所得到的數字，忽然便有了全新的意義。抗拒的邏輯。再活下去一次。再多活一天。那麼那被死亡所奪去的某物，必定會以其他形式重新回來一次，舉行屬於它自己的「成年禮」。這或許是作為小說家的荻原浩，在全篇最末回報給「小說」這個體類的某種致敬——再怎麼通俗的經驗或故事，一旦錨被拋下了，便可向文本裡的八方定位自己的座標，形成具有立面的結構體，彼此輻射出不同切面的各種意義。那或許正是「短篇小說」這種技術，最簡潔且古老的核心。和「故事」、「經驗」等素樸的敘事模式分隔開來，作為日本最重要的大眾文學獎直木賞的得主，荻原浩的小說裡擁有的，正是這樣一顆「小說的心臟」。

巧妙的是，荻原浩「小說的心臟」埋設在什麼地方呢？不故陳高義、甚至刻意放低文字的姿態，在看似最平坦無波的日常裡（這「日常」同時包括了描述它的語言），「小說之心」得來全不費工夫地，就攤展在觸手可及的地方。在母親貪婪地吃著水蜜桃時，嘴角流下的汁液（〈曾經走過的路〉）；「小說之心」在這裡微微地側身：原本心存報復快感的女兒忽然發現，這多年未見的母親其實早已罹患癡呆症；關於那些「曾經走過的路」，她早已不記得了。

記憶的殞落。消逝的必然。某種意義上主導了荻原浩小說的全景，以此拉開了各篇故事的線軸，那些通俗劇般的愛憎與怨懟，便因為失去了戲劇慣性、拔河繩索的彼端重力，而陡然失重落空。「小說之心」在此時浮上，重新賦予這些通俗的故事，一種異樣的光暈。書中將這種技術發揮至極致的，是〈看得見海的理髮廳〉和〈沒有時針的時鐘〉。兩篇小說都採取類似的形式發展敘事。帶著作為父親遺物的鐘錶前去修繕的男子，在一段靜謐的時光裡，和錶匠交換了一則身世的秘密。藉由鐘錶上停滯的時間，紀錄了出生與死亡，消逝與存有。又或者來到這海邊理髮廳的男子，不經意地和年邁的理髮師，換取一個塵封多時的故事。有意思的是，兩篇小說同樣到了中段，開始產生敘事主體的位移——聽故事的人反過來成為說故事的人，甚至凌駕原本的故事。那忽然使得作為文本以外跟著一起聽故事的讀者，也彷彿墜陷進了故事與故事的夾層裡，從而逼使人驚覺：不停地訴說故事，究竟是為了什麼？

那或許正是《看得見海的理髮廳》這部集結了傾訴、追悔、悲傷與悼念的小說集，摺疊在故事與故事縫隙間的探問：不停地訴說故事，不就是為了挽回的時光嗎？啟動虛構與敘事，就如同修剪一頭長時未剪的髮，或打開一顆腕錶的肚子，將微小細膩的零件擺正，重新啟動時間的轉軸。在挽回的每一次嘗試之中，逝者已矣，但我們還擁有說故事的現在。

言叔夏，台灣作家。
現為東海大學中文系助理教授。著有散文集《白馬走過天亮》。

推薦

# Reset 寫作靜謐行進

湯禎兆
香港作家

早陣子因為一位喜愛的男優澤村一樹之故，所以追看了一齣不起眼的二〇一七年日劇《環球廣告社~推銷你的人生》，那正是荻原浩的暢銷系列作之一。想不起還未來得及拿起原著捧讀，手頭上已變成為新著短篇集《看得見海的理髮廳》了。

是的，因為直木賞。

在選評概要中，《看得見海的理髮廳》是唯一完全沒有評審反對的作品，而最後六本候選作中，其實也不乏讀者熟悉的名字，例如有湊佳苗的《惡毒女兒，聖潔母親》以及米澤穗信的《真相約十公尺前》等，只是前者竟遭九位評審一致的反對，後者也得不到任何一人的支持，形容《看得見海的理髮廳》得到壓倒性勝利絕不為過。

不少評審均強調荻原浩的專業性，例如「《看得見海的理髮廳》乃正統的短篇小說集」（北方謙三語），「作為專業作家的工作，甚麼問題也沒有」（東野圭吾語），「在所有候選作中，作品的世界及文章是最安穩的」（伊集院靜）和「不愧是老將似的，文章力及構成力，全部都安排周密」（林真理子語）等等，顯然反映出在一般意義上，小說大抵屬「零死角」的類別。

那當然有事實依據，《看得見海的理髮廳》恪守的為時間及空間兩大主軸，透過兩者的落差更易，從而或披露人生的闇黑幽微陰翳角落，又或成就重啟未來的療癒流程，而當中一律以靜謐行進曲的節奏演繹，即使偶爾穿插奇思妙想，也離不開安定調和的色調，整體上就是想予人餘音裊裊的收結印象。從結果論而言，荻原浩是成功的。

小說水平的審定就交由評審處理，在此我反而想提出閱讀角度的轉移，會否令我們對小說有不同的觀感。

不嫌累贅，或許我們可以先回想宇野常寬在《零年代的想像力》中立案的框架，當中針對「零年代」（00-08）的故事物語構成主軸，正是由《新世紀福音戰士》代表象徵的「隱蔽／心理主義」（陳舊想像力），游向以《大逃殺》為「決斷主義」式的「倖存系」（新想像力）轉向。而前設是大家早已經歷了面對世界末日的虛無，從「平坦的戰場」中走出來嘗試尋找其他的生存策略。

所謂「平坦的戰場」，是岡崎京子在名著《River's Edge》中引用 William Ford Gibson 詩句的警語（岔開一筆，《River's Edge》在台灣出版時名為《我很好》，二〇一八年已由行定勳拍成電影，由吉澤亮及二階堂富美主演）。「平坦的戰場」所指的正是絕望的日常生活，物質富裕卻沒有故事的現實廢墟。此所以在九十年代，出現大量的 reset 嘗試，由最個人的自殺選擇，到《完全自殺手冊》的大流行又或是一九九五年奧姆真理教為代表的種種新新宗教的勃興，均旨在不同程度上去完結那一場無盡沉悶的日常戰爭。

而荻原浩，在《看得見海的理髮廳》中不過想透過消費他人／自身（過去的自己）的記憶／想像，從而去 reset 自己的未來，嘗試在療癒系的大家族中，攫取一紙藥方，去建構倖存下去的動力。

此所以如〈看得見海的理髮廳〉兒子安靜地消費父親的理髮人生，又或是〈曾經走路的路〉中的母女攻防戰，甚至像〈來自遠方的信〉中去擊潰以前的自己，還是〈沒有時針的時鐘〉中的相濡以沫，互動消費／消耗記憶體等等，無非均是從靜止了的時間、陌生化了的空間，去把斷絕了的人事重新以針線縫紉起來。

到最後，就如我最喜愛的壓卷作〈成年禮〉的總結性隱喻——與其倚仗他者（包括過去的自己）去 reset，不如乾脆灑脫地直接代入死者的角色。不是去重啟物語，而是去延續死者（已逝的角色）之歷程，把主客之間的位置疊印起來。此所以〈成年禮〉也是全書中最明朗亮麗的出色作，語言張弛有度，氣氛凝重得來又有一份莫名的幽默感，僅僅這一篇已值得大家把書買回家細細捧讀。

湯禎兆，香港作家。
二〇一三年獲香港藝術發展獎年度最佳藝術家獎（藝術評論）。
日本研究近著：《悶騷日本》、《殘酷日本》及《失落日本》等。

## 推薦

# 目次

# 一　看得見海的理髮廳

把店遷到這裡，已經十五年了。

大家都問我為什麼搬來，但我就是喜歡。我自己就忙得過來，客人也不必等待——這便是我理想的店。您看，最棒的是這面鏡子，第一次光臨的客人幾乎都對它讚不絕口。無論鏡子擺放的位置亦或鏡面大小，我都下了十足功夫。

那間理髮店座落於一個海邊小鎮。從車站搭上巴士，沿著穿過山麓的海濱公路過幾站後下車，再朝車子行駛的方向走幾分鐘，就能從右手邊山的方向，看見預約時老闆告知的紅藍白三色柱招牌。

爬上五、六階鋪有枕木的斜坡，便是入口。那是一棟老舊的西式建築，沒有任何東西標示店名，只有上半部鑲嵌玻璃的木門上，掛著營業中的小牌子。

應該是從沒人住的民房改裝成店面的。無花的庭院裡，佇立著遭遺忘的鞦韆，支柱與鎖都生了紅紅的繡斑。棕櫚樹如衛兵般挺立在大門兩側。

明明接下來就要剪髮，我卻將玻璃中映照的亂髮梳理整齊。我扣上長袖襯衫的第二顆鈕釦，細細吐了一口氣，用手轉開門把。掛式門鈴響起一串逗弄小嬰兒玩具似的聲響。

店裡的感覺與老舊的外觀截然不同，乾淨、整潔，井然有序。帶有浮雕花紋的白色壁紙，像剛洗好還沒燙過的被單；深棕色地板被悉心打磨，晶亮得可以當溜冰場；藥劑瓶罐的標籤一律朝著同個方向，宛如它們是由抱持完美主義的導演所排定站位的舞台劇演員。

老闆如同配件般地佇立在客用座椅旁。或許他早就估算好預約時間，在我到達之前就一直站在那兒。他似乎不太打理自己的髮型，花白的頭髮沒有染，剃得短短的。年紀雖大，背倒是挺得筆直。

一坐上椅子，他便為我繫上白色的圍兜。讓別人、而且還是比自己年長許多的長輩幫忙穿袖子，令我有些不好意思，彷彿自己是個小孩子……所以我打算自己穿過另一隻袖子，但他的動作卻搶先我一步。你一下就找到這裡了嗎？他問道，我點頭。接著，他突然自顧自地說起話來，說他將店遷到這裡，已經十五年了。

客人，我看您好像不是這個鎮上的人。沒什麼，直覺罷了。何況您的穿著那麼正式。是從哪裡來的呢？哦，那真是……謝謝您遠道而來，光臨這鄉下地方。好像叫「網路」吧？我對電腦一竅不通，但聽人說這裡在網路上有點名氣。竟然有客人對我這老頭開了那麼久的店有興趣，還從那麼遠的地方來，唉呀，太令我高興了。

老闆嘴上雖然說高興，看起來卻很傷腦筋。他映照在鏡子裡的臉龐，浮現令人難以捉摸其他情緒的完美微笑，但深深刻在嘴唇兩側的笑紋，卻沒出現在眼角。

他用溫水噴溼我的頭髮，把熱毛巾蓋在我頭上。

已經好多年沒上理髮廳剪髮了。高中畢業後，我為了追求時髦髮型，不知不覺便養成了上髮廊剪髮的習慣。畢竟以前常去的理髮廳裡，那老頭總是將我理成和他一樣的三七分。

老闆將毛巾按上我的頭皮。毛巾很熱，熱到我差點喊燙，但並不會不舒服。對對對，這個逐一滲入毛孔的熱毛巾蒸氣，正是理髮廳的醍醐味啊。這懷念的觸感久得我都忘了。

熱毛巾飄散出微微的養髮液香氣，味道同樣令我懷念——是大人的味道。小時候，每次我在理髮廳，都會像嗅著未知世界的線索般，聞這股成熟男人的氣味。

想剪什麼髮型呢？客人您這麼年輕，平常應該很少上理髮廳吧？是啊，我知道，畢竟造型師和我們的剪法不一樣。您特地跑來這鄉下地方的理髮廳，心裡應該有些盤算吧？

抱歉，我問太多了。其實很多客人在下決定或要改變的時候，都會上理髮廳理髮。我做這行這麼多年，看得多了。在人生的轉捩點剪髮，可不是女人的特權，男人也一樣。

您別擔心，我不會把您剪得很老氣。有任何需求都請對我說。

我很不擅長針對細節一一指定造型，所以打算像往常一樣，請老闆照現在的髮型剪短一點就好，但聞到生髮液的香氣，我改變主意了。

難得來到知名理髮廳，我告訴老闆：「可以交給您決定嗎？」老闆一聽，眼梢立刻浮現了皺紋。

真高興您這麼說，這對開理髮廳的人而言是最光榮的。但您不能全權交給我，我必須與客人好好討論過才行。

嗯，客人您是瓜子臉，兩側的頭髮或許蓬鬆一點比較好。您慣用哪一眼呢？是右眼啊，那髮線也分在右邊好了。人的視線會往髮線的方向集中，當慣用眼對上他人的視線，表情看起來就會比較有精神。

您從事什麼行業呢？是需要大量與人接觸的工作？還是重視整潔的工作？抑或信用第一的工作？這應該叫工作性質吧？我無意深入追問，只是想知道大概而已。

我認為男人的髮型，應該隨工作性質改變。髮型不只要搭配臉蛋和服裝，也應該配合每天的工作。您瞧瞧最近，到底是運動選手還是牛郎，都分不清了。當然我的思想比較古板啦。

平面設計師？哦，原來如此，就是設計書本或雜誌吧。

老闆將我的瀏海握成一束，用手指摩挲。他輕輕頷首，用對待古董壺般的手勢來回撫摸我的頭部，偶爾也讓頭傾斜，或許是要確認髮質及頭型輪廓。我有種接受資格測驗的錯覺——我是否符合在這間店剪髮的條件？

他的手停在我長在奇怪位置的髮旋上，擺弄一下髮絲後，小聲嘆了口氣。我緊張於他要對我說什麼，但從那如皺紋般的薄唇中說出口的，只有關於我新髮型的幾個選項與提案。

在我開口前，老闆不知何時已握起剪刀，不容許我反駁似地發出喀喳聲。接著，他用最終辯護的口吻說：「大部分的客人啊……」就一刀落下。

大部分的客人啊，不曉得為什麼，都希望剪根本不適合自己的髮型。明明老大不小了，還想維持年輕時的造型；面容冷峻的人，卻硬要留得像奶油小生。我也告訴過他們，理想中的自己與現實中的自己，往往是不同的。鏡子裡不就照得一清二楚嗎？

那麻煩您先和我講清楚好了，我回答道。根據老闆的說法，不論接受哪一個提議，我的頭髮都會變得相當短。

我把一直繃緊的背靠上椅子，有種躺上手術台的錯覺。按照老闆的講法，恐怕一個小時後，我就會脫胎成連我都不認識的、原本的自己了。

帶有頭枕與腳枕的椅子將我包覆起來，宛若一個安穩的擁抱。讓身體下沉的柔軟，與可靠地支撐肢體的彈性，在黑色皮革中抗衡，使我有種浮在水面上的感覺。

眼前是一面偌大的鏡子，海水將鏡面填得滿滿的。這間店的地勢比沿途高，窗的另一頭毫無遮攔，背後窗外的大海，映照在鏡子裡。

秋日午後的水藍色天空，與深藍色的海洋，兩種藍各佔了鏡子的一半，其他顏色就只有畫布留白般的潔白捲雲了。除去由右至左橫越的海鳥，看起來就像裱了一百號風景畫的畫框。

喜歡這面鏡子嗎？您可以盡情觀賞，客人看著正前方，我工作起來也比較方便。我們店裡不建議客人在理髮椅上看書，不過最近倒是有不少人，一坐上椅子就拿出手機滑個不停。

老闆用梳子將後腦杓的頭髮使勁往上撥，力量大到連髮根都被拉直。逆向梳理的髮絲，隨著喀喳聲被剪落，從梳子上落下。有股刺刺癢癢的快感。拉直，喀喳。連聲音都和把頭當作玻璃擺飾小心呵護的髮廊不同。在理髮廳理髮，原來那麼舒服。還是老闆手藝好呢？

我坐的這把椅子，在它斜上方的牆壁上，如白描浮雕般掛了一個裱了獎狀的框。我轉動眼珠，盡可能地拓寬視野，發現架上的觀葉植物間，藏了一座獎盃。

這間理髮店的店主，過去之所以有許多奇聞軼事的理由，是因為驚豔於他手藝的大牌演員以及財政界名流總是絡繹不絕的緣故。去年，一位曾是熟客的大牌演員過世時，這則故事再度掀起話題，老闆離開東京來海邊小鎮繼續開理髮店一事，也登上了雜誌。

打電話預約時，我本來以為會失敗，結果順利約到了想要的日期。我來之前似乎沒有客人，在我之後也沒有其他人進來。

公司很忙嗎？自由接案？哦，原來您獨立創業了。還這麼年輕，真了不起。哪會，每天忙碌代表事業成功啊。一筆新生意，都是最初幾個月就知道成功與否了。唉呀，真高興。畢竟我也自己開業很久了，很能感同身受。

我覺得工作說到底，不就是在揣摩別人的心意嗎？揣摩顧客的心思，揣摩一起工作的同事的想法。不論是理髮廳、其他店面還是上班族，這點都一樣。

我可沒有倚老賣老的意思唷。我只是因為工作性質，接觸過各式各樣的顧客，把和他們聊天統計的結果告訴您而已。

不論哪一行，成功人士都懂得察言觀色。不是指會做人，我說的比較像是能透視他人腦中的想法，姑且稱之為騙子好了。這個說法稍不好聽，但我覺得大家都能成為高明的詐騙師。

像我就學不來。我啊，只是做得久而已。要知道我出生時，還在打仗哪。

老闆由後往前大略剪完後，換了把剪刀，拿起不同的梳子，又回到後腦杓。

他的手部動作比第一次剪時來得要小，落在袍子上的頭髮也短多了。以雕刻譬喻，剛才是粗雕，現在開始則要處理細節。每一個動作都極輕緩，唯有右手手指像壽命短促的小動物一樣，匆匆忙忙地移動。

唰唰唰，剪刀的聲音聽了很舒服。不曉得老闆原本就很健談，還是聊天也是服務的一部分，他霹靂啪啦地打開話匣子。

我出生在東京，一個蓋滿長屋的鄉下小鎮。從祖父那代開始就經營理髮廳，我是第三代了。所以說做這個工作，相當於我出生前就決定好了。

從讀國民學校的時候開始，一回到家，家人就立刻叫我去店裡幫忙。以實歲來講，當時我才十一、二歲，還整天想著玩呢。

家人不讓我碰顧客的頭髮。我每天的工作就是打掃地上的落髮，然後將客人回去時掉落的髮絲一根也不留地收拾乾淨。這是我父親的信條。如果留下一根，拳頭可就飛過來了。在當地，我們算是老店了，店裡有師傅也有學徒，明明不缺人手，所以我常想為什麼我得去幫忙。

當時，理髮廳的師傅都是從十二、三歲開始當學徒的。現在回想起來，或許父親的用意，是要我在繼承這家店時，不被其他師傅瞧不起吧。唉，父親啊，尤其是老一輩的父親，打死也不會對孩子說你真可愛，或是我對你期望很高。他們不願輸給任何人，但可以輸給兒子，做父親的心中總會有這樣的想法，真的，沒騙你。

老闆將視線集中在我頭上，口中唸唸有詞，手一刻也沒停下。他只用左手姆指靈巧地拿梳子，以食指與中指將我的頭髮往上梳。好長的手指。他抬高手肘，手指微妙地錯開，目光精雕細琢，將頭髮一絲一毫地剪去。我若拿著剪刀與人說話，恐怕連剪色紙都會剪到手指。

戰事嚴峻後，男人都剃成光頭，來理髮廳剪髮的人變少了，理髮廳不知倒了多少家。我們店好不容易撐了下去，卻面臨人手不足。大家都說理髮廳是和平產業，或許是被盯上了，師傅馬上就被編入軍隊。理髮椅的台子是金屬製，也被命令繳交作為軍事用途。

罷了，也因為這樣，上國中後，家人就讓我拿推剪幫客人理髮。我至今還清楚地記得第一位客人，那是一位鞋店的少爺，總是時髦地梳著油頭。那天不曉得為什麼，指名要我剪，說「今天我想讓小弟弟幫我理髮」。

他被徵召了，為了從軍，所以來剃髮。被憲兵揍也不肯少用髮蠟的人，竟然突然要剃光頭。當時透過鏡子看到的、少爺心事重重的臉龐，我記憶猶新。儘管我不曉得那是為了保護國家所下的決心，或者僅僅是不甘心。「戰爭結束後我一樣要梳油頭，你可要把手藝練勤哦。」他對我說，把已經在黑市才買得到的牛奶糖送給我。最後，他再也沒有回來。

老闆將手指抵在我頭上，抬高我的臉。鏡中的水平線微微下沉，窗戶上的掛鐘映入眼簾。鏡中的指針左右顛倒，本該指著下午四點的時針，朝著八點的方向。斜陽開始在蔚藍海面上灑下金黃顆粒。

對年輕人來說，這些故事很無聊吧。您會想睡嗎？不要緊嗎？那我繼續說囉。我年紀大了，說來說去不外乎這些。我父親教過我，說話技巧也是經營理髮廳的本事之一。不不，他不是直接對我說的，我是看著他的背影學會的。

父親在面對我、家人與師傅時，明明只會板著一張臉，一到店裡卻多話了起來，客人都覺得他和藹可親。不論對方是從外地返鄉的電機技師，還是女校的歷史老師，他都能天南地北地聊，那確實是了不起的本事。其實他私底下做了很多功課。他會把報紙從頭讀到尾，店休時去淺草聽說不上喜歡的單口相聲。老媽還曾經發過牢騷，說父親把一整天該講的話都在店裡說完了。結果，昭和二十年的大空襲，把店給一把火燒了。

老闆退後半步，將老花眼鏡推到額頭上，目不轉睛地盯著我。後側、右側、左側、前方。

微笑從他認真的臉上消失。我害臊地想搔搔臉頰。他嗯了一聲，點點頭，就在我以為剪完時，他又取了另一把剪刀，像修剪盆栽一樣，將剪刀這裡伸進一點、那裡戳進一些。放在櫃台托盤上閃著銀色光芒的剪刀，到底有幾把呢？

我國中二年級時，戰爭結束了。是啊，我們振作的速度比現代人想像的來得迅速。到了九月，學校就復課了，因為校舍還有一半沒被燒掉。

恢復的速度快得嚇人。老師們一開始在做什麼呢？在回收修身啊、國史啊，這些向我們狠狠灌輸軍國教育的課本。學校變得無聊透頂，我開始蹺課，一陣子後便完全不去了。然後離開家裡，在黑市跑腿。

我一直想當畫家，在學校最擅長的科目也是國畫。在我還得繼承家業時，那只是個夢想，但後來店燒掉了。我便運用將撿來的煙蒂拆開、做成手捲菸的空閒，用短短的鉛筆練習設計。我聽說武藏野的美術學校恢復招生，便決定去讀。戰爭結束隔年，父親將營房改裝成理髮廳再度開張時，我也完全沒打算幫忙。

但，我卻漏了一件非常重要的事情。美術學校一定要舊制中學畢業，才有資格報考。

老闆透過鏡子盯住我的臉，向我問道：設計的工作，也有專門學校嗎？平面設計的確有許多專門學校，但我是讀完美術大學進入設計事務所上班的。雖然有點難以啟齒，但我還是老實回答好了；我還當過一陣子插畫家，接案量也算穩定。

老闆難得停下動作，眼神落在自己手上。彷彿在懷疑為什麼手裡拿的不是畫筆，而是剪刀。他察覺我的視線，整張臉都笑歪了。唉啊，太棒了。他重複說著同一句話。真的太棒了。

退出黑市的工作後，我在招牌店當了一陣子學徒，一邊向畫展投稿，卻石沉大海，最後只好回家。我向父親低頭，又從清掃地板重新開始。那年我已經十八歲了。

我並沒有上理容學校，全是邊看邊學。我也不記得父親曾親自教過我，他對我說的話跟以前一樣：「地板上一根頭髮都不能留。」但這與戰前的意思已經不一樣了，頭髮得賣給佃煮屋。當時物資不足，比較黑心的佃煮屋，會將頭髮當作化學醬油的材料，畢竟毛髮有胺基酸嘛。

回家兩年後，父親才允許我幫小孩的客人剃頭。到了第四年，總算將其中一張理髮椅交給我。在那過後沒多久，我才剛在客人面前被父親臭罵，心想終於能在隔壁開店時，父親就因為心臟病過世了。在某個早上，說走便走了。

您會不會覺得這些故事很無聊啊？老闆已經問過我好幾遍，每次我都搖搖頭。對我來說，那些舊時代的光景，就像映照在眼前的鏡子裡一樣。畢竟生在那個時代的人，正在幫我剪頭髮。

髮型變得相當短，後頸有些涼涼的。額頭上的瀏海消失了，先前被遮住大半的耳朵露了出來，使我看起來變了一個人。原來我長這樣子啊。

老闆將剪刀換成剃刀，重複修剪髮尾般的動作，最後才勉勉強強地鬆開我的頭髮，用刷子掃起落在圍兜上的毛髮。接著他從鏡子裡消失了，但話匣子並沒有關上。

所以我二十歲左右就扛起店面了。客人一下子減少許多，這也難怪，畢竟應該沒有人想讓昨天還在被父親痛罵的年輕小伙子理髮吧。如果我是客人，也會這麼想。

從那之後，我就幫自己展開特訓。現在有練習用的假人，當時可沒有。我得付錢請人讓我剪髮，在路上隨便抓人拜託他們。我不再把剪下的頭髮賣給佃煮屋，而是將已經很短的頭髮用繩子綁成一束，再剪成五分頭。當時有很多野狗野貓的屍體，我甚至把牠們撿回家，在鼻子裡塗面速力達母來練習。總之每天練個沒完。反正客人少了，時間就多了。

進入昭和三〇年代以後，客人才開始回籠。我以為是我的修煉終於有了成果，但原因其實很單純。

因為慎太郎頭。哦，您不知道啊。那是當過東京都知事的石原慎太郎年輕時特有的造型，由於他弟弟石原裕次郎主演的電影而轟動一時。感覺就像留著長瀏海的運動員髮型。

大家都說我是附近一帶的理髮廳裡，慎太郎頭剃得最好的。反正當時走在鎮上，右看、左看都是慎太郎頭。拜那所賜，店裡總算上了軌道。

其實那也沒什麼，因為我自己就是裕次郎電影的粉絲嘛。我也想和他留一樣的造型，所以特別研究過，還幫自己也剪了慎太郎頭。

瀏海和兩側的比例雖然難抓，但剪起來倒不費時，客人可以一直來。那真是一個很棒的髮型啊。

我聞到肥皂的香味，回過頭。老闆將類似茶筅的刷子插入四方形的陶器裡起泡。

原來如此，理髮廳會幫客人刮鬍子。以前我前往住家附近的理髮廳時，根本還沒長鬍子，所以總是選擇只有理髮的便宜方案。這應該是我第一次讓人幫我刮鬍子。

三〇年代是理髮廳的輝煌時代。熟客一個月會來兩次，大概是因為當時娛樂很少吧，理髮成了男士的樂趣之一。那時還沒有預約制度，大家都耐心排隊。客人們一場接一場用我擺在店裡的將棋盤下棋，我也總是在旁觀看。孩子們看漫畫看得津津有味，輪到自己時反而會皺起臉來。

對了，在那個年代，女士也來理髮廳。大家都剪一種叫少女頭的髮型，就是把妹妹頭的後頸剃得高高的。我猜我們店也是附近理髮廳中，最早擺設電視機的。

幫店裡添購電視機的那年，我娶了老婆。為什麼記得那麼清楚呢？因為我取消了去熱海的蜜月旅行，把錢拿來付買電視機的按月分期頭期款了。她是我的遠房親戚，從秋田來到東京，在店裡打雜，是個文靜但勤勞的女孩，我母親比我還喜歡她。在我不知道的情況下，家人開始說媒，至於我嘛，看著看著也覺得她挺順眼，於是婚事便談妥了，不知不覺有了家庭。古時候結婚，就是這麼回事。

為了刮鬍子而擺好姿勢的我，覺得有些掃興。因為老闆先將我後頸的雜毛刮除後，便拿了另一件塑膠製的圍兜給我穿，對我說：我們先洗頭，這邊請。我站起來，跟隨老闆的背影。從椅子往上看時，他的身材以他那個年紀算高，如今看來卻那麼矮小。

洗臉台位在房間角落，前面擺了一張與我坐的椅子相同結構的座椅。那是曾說過一個人忙得過來最理想的老闆，擺的另一張理髮椅。坐在那張椅子上也看得見海嗎？

我坐到洗臉台前。已經習慣在髮廊仰躺洗頭，所以一開始有些不知所措。在老闆催促下，我往前傾身，伸出頭來。

店裡流洩著低低淺淺的音樂。現在播放的是披頭四的《Lucy In The Sky With Diamonds》，是從擺在店內深處的錄音帶播放器傳出來的。我問老闆：「您喜歡披頭四嗎？」這是我第一次向老闆搭話，聲音有些沙啞。

披頭四？哦，現在播的這首歌吧，我沒注意。放音樂只是想讓客人放鬆而已，並不是我個人的興趣。我只是會隨顧客的年齡或氣質，幫他們選曲而已。平常大多選古典樂或電影配樂，盡可能挑比較安靜的曲子，但若客人點歌，我也會播歌曲。

我比較沒有準備年輕人愛聽的曲子，所以才想著，至少播播披頭四。

經過漫長的沖水後，老闆開始淋洗髮精。好冰，是肥皂香的洗髮精。老闆撫摸般的手勁，比較像在按摩頭皮，而不是清洗我的頭髮。

第二次沖水，接著又倒下洗髮精，髮絲搓出泡沫。老闆的指力比剛才更強，發出我自己洗頭時沒有的唰唰聲，聽了很舒服。

要說喜歡或討厭，其實我還真不喜歡披頭四。開老理髮廳的都跟我一樣啦。不是說他們的歌曲不好聽，而是髮型。

記得是昭和四〇年代初吧，自從那群小伙子跑來日本後，理髮廳就沒落了。男人的頭髮一旦長了，就得上理髮廳，這與太陽從東邊升起、西方落下一樣，都是天經地義的道理。但他們卻破壞了這個規矩。

不是立刻，而是漸進的。從那時開始，理髮廳這行便一點一點地沒落了。或許是我們這些開老理髮廳的，始終深信從東邊升起的太陽，往後也會永遠西沉，所以刻意把頭轉開不看社會潮流吧。機靈的理髮廳開始幫人燙髮，我身邊的同行，都覺得那些玩樂團、怪裡怪氣小伙子的風潮很快就會過去，根本瞧不起他們。

不管是嬉皮還是瘋癲，自從頂著乞丐頭的年輕人大搖大擺地上街遊蕩開始，傳統的理髮廳就像一撮撮被理光的頭髮一樣，陸續凋零了。

我也不例外。在我三十一歲時，曾經參加理容大賽，拿了個獎，但根本沒屁用。我開始發不出薪水給兩名員工。我知道由我一個人負責剪髮，老婆幫忙處理雜務，店還是撐得下去，但既然要開除員工，我想不如把店給收了。不是為了員工，而是覺得擺三張理髮椅，作為老店第三代才有面子。我怕一旦走下坡，會遭人嘲笑。

工作不順時，我私底下的生活也一團亂。我愛喝酒，一醉就發酒瘋，還揍老婆。她是個安靜乖巧的女人，不會跟我吵。她沒頂過嘴，也沒說過恨我，只是默默地把我摔破的杯子和酒壺碎片撿起來。

但是啊，客人，您就當作為了以後著想，聽我一言。再也沒有比安靜乖巧的女人更恐怖的了。

某天，我從商會的聯歡旅遊回來，發現老婆不在家。她的衣服、物品也不見了。垃圾桶裡，扔的全是我每次中馬券時，為了討她高興而買給她的絲巾、髮夾、首飾，那些全都被丟了。

老婆回秋田娘家後沒多久，寄來了離婚協議書。反正我們沒有孩子，我便二話不說蓋了章。雖然在一起生活了十幾年，但我和她就像待在鏡裡鏡外一樣。就算朝彼此伸手，伸出的也是相反的手，連手都握不到。啊，有沒有哪裡會癢呢？

老闆用手掌搓揉我充滿泡泡的頭部側面，以勾成鷹爪狀的手指按摩頭頂。強、弱，然後又是強。腦袋上下左右地搖擺，爽快極了。會痛嗎？有流到眼睛裡嗎？老闆像哄小孩一樣地問道。

第三次沖水，潤絲。接著又是漫長的沖水。

回到理髮用的椅子上後，老闆拿毛巾幫我把濕答答的頭髮擦乾，吹風機的熱風吹了過來。這段時間，我都只是坐在椅子上。像孩子一樣任人照顧，好舒服。

是什麼時候呢？應該是和老婆正式分開以後沒多久吧。我已經沒有力氣一意孤行，最後只好辭了兩名員工，一個人待在空蕩蕩的店裡，發著呆等客人上門。

一名留著恐怖長髮的青年來到店裡。他穿著印有釋迦牟尼佛圖案的T恤，套著喇叭一樣的牛仔褲，頭髮長到腰部。我心想若他要我幫他修短個十五公分，我就趕他出門。但那位青年，卻要我幫他理三七分頭。唉呀，當時我真高興，心想得趁他還沒改變心意時快剪。所以我先痛快地一刀揮下，才問他原因。

接著，他對我說：同居的女人懷孕了，繼續玩音樂根本無法餬口，得找份正經的工作。我邊剪他的頭髮，他邊落下男兒淚。因為落腮鬍的緣故，他讓我想起了鞋店少爺。我比往常更不遺餘力地為他理髮，印象中還免費幫他刮了鬍子。

那時我下定決心，要改變這家店。青年回去後，我也把自己的慎太郎頭給剃了。之後就一直留現在這個髮型。

我不能老是留戀這間只有老字號能拿來說嘴的破爛店面。於是把心一橫，借了錢大幅改裝。之後聽擔任經營顧問的客人說，這叫高風險高報酬。

我撤掉等候區的電視和漫畫，裝潢得像飯店大廳一樣。僱用新的員工，一改過去從頭培育年輕人的方針，只聘了一名手藝高超的男人，他是我談好高薪，從名店挖角過來的。接著，我從頭開始學按摩。正好瘦身美容剛從外國傳來日本，我們兩人便參加了當時還很稀奇的美容講座。洗髮精、養髮液與其它耗材，也全都換成過去因經費考量而沒採用的高檔貨。相對的，理髮定價也提高了。在那個別家理髮廳要漲到一千円都會猶豫半天的年代，我把價格定在一千八百円，幾乎是兩倍。這已經不是跳清水舞台而已了，根本是從珠穆朗瑪峰踩滑雪板溜下去。

我心想，反正不論如何，最後一定要開一間自己理想中的店，以此一決勝負。如果失敗，我就自暴自棄。

結果還真的被我賭對了。真不可思議，雖然過去的客人因為定價過高都不上門了，卻來了新的客人。這間店的歷史雖然微不足道，但老字號仍然成了賣點。我得感謝一路守護這間店的父親與祖父，以及另一位令我感激不盡的大人物。我遇見了他，他讓原本說不定只會短暫流行的這間店，真正興旺起來。

老闆開始按摩。長長手指在我的頭皮上塗抹柑橘香味的精油，揉捏起來。那種感覺就像手指瞄準了頭蓋骨接合處插入，有點痛，但很舒服。當他的手抵在我的下顎左右根部與太陽穴上、將頭像拔起來一樣往上抬時，我不自覺發出了爽快的呻吟聲。

有位知名演員，成了店裡的常客，但我怕說出他的名字，會給他添麻煩，所以從來沒對任何人提過。

他第一次來店裡時，著實令我大吃一驚。他突然就現身了，真要形容，簡直就像從螢幕裡蹦出來一樣。

當時，有一位從淺草的賣藝人當上配角演員的客人，經常往我這兒跑，聽說那位知名演員就是從他那裡打聽到了我。他坐上椅子後，對我說：「我要演一部黑道電影，幫我理個像樣的髮型吧。」

這讓我傷透了腦筋。一開始我建議他剪飛機頭。飛機頭其實是平頭的一種，難度卻極高，甚至會讓理髮師哭出來。加上他的髮質比較軟，即使剃得很短，頭髮也無法方方正正地立起來。我想這個髮型可能行不通，便與他重新討論，但他只是神色忡忡地緊緊閉上眼睛，說「都交給你了」。我猜，他一定也有什麼煩心事吧。或許是對老是演奶油小生感到難以突破了吧。

我用參加理容決賽的心情，將他兩側的頭髮剪短到能看見頭皮，頭頂則留長，有點像是我的拿手絕活慎太郎頭的平頭版。我把留長的頭髮用吹風機與大量髮膠立起來，當時設計的造型，成了他的招牌。

我的理髮廳紅了起來，之後還被叫去攝影棚。棚裡的造型師直接打電話向我求救，說怎樣都無法讓頭髮立起來。

他頂著我設計的髮型主演的那部電影，我看了三次，不、四次。我總算對自己的工作感到驕傲了。

從那之後，他就成了店裡的常客。他很喜歡理髮，沒錄影的時候，一週會來兩次，即使店裡人很多，他也會在等候室盯著天花板乖乖排隊。其他客人都嚇了一跳。就是從那時開始，店裡改成了預約制。

大明星去的理髮廳——這個稱號使我的店紅極一時，光這樣我就感激涕零了，但聽說在某次機緣下，他還將我的名字告訴了媒體。自那以後，我的店開始紅遍大街小巷，像作夢一樣。

我見過形形色色的人物。

像是頂著一頭怪髮，頗受歡迎的喜劇演員，他在店裡幾乎不說話，總是板著臉孔，很不爽似地盯著我幫他剪的、為了上台逗觀眾笑而留的髮型。

還有位以沉穩內斂的文筆聞名的小說家，他總是要求把頭髮往上梳。明明就不適合他。大概是因為他個子矮小，想讓身材看起來高大一點吧。

跟演藝圈比起來，從政的客人對髮型反而囉唆許多。擔任過政府高官的政治家，在出席電視討論會的前一天，總會帶著警衛來店裡光顧。染過的髮根只要長出短短幾公釐白髮，就要重染；也要把兩側的頭髮梳去遮掩髮量日漸稀疏的額頭，並硬梆梆地固定好。那種愛漂亮的程度，連銀座的酒店公主看到都會相形見絀。

是啊，我見過許多人物。一直以來，透過鏡子。

按摩完頭部，輪到肩膀。脖子放鬆地搖晃著。我從來沒有請人按摩過，所以感到很不自在。何況幫我按摩的人，就年紀來看其實比我更需要按摩，因此，雖然老闆技術很好，也很舒服，但由於某種說不上來的抱歉之意，我一心只希望趕快結束。然而老闆的胳膊並沒有停下，上臂、下臂，連手掌都幫我搓揉了。

映照在鏡子裡的天空開始染上淡淡的橘，海面的顏色逐漸暗沉。

您明明那麼年輕，肩膀卻很僵硬啊。拿來比較可能有些失禮，但設計的工作跟理髮一樣，都是精細的手工業。哦，現在都用電腦嗎？不不，就算用電腦，您肩膀那麼僵硬，代表很認真工作。真了不起。

我話說到哪兒啦？哦，對對對。所以，店裡經常有知名人士光顧。周遭的人便開始拍我馬屁，說什麼理髮大師啊、有經營手腕啊。其實，愈是這種時候，頭愈要垂得更低，但我卻完全搞錯了。

我開始倚老賣老、自以為是。年紀比我小的客人愈來愈多，我雖然想禮貌地接待他們，卻不知不覺中擺高姿態。然後，人啊，一份工作做久了，尤其是單純的操作愈多，空空的腦袋瓜就會開始胡思亂想。經營啊、人生啊、哲學啊，這些就冒出來了。

我的頭再也垂不下來，漸漸起了這樣的念頭——在理容大賽得過全國冠軍的我，身為優秀企業老闆的我，還要從事這種幫人刮鬍子、洗頭、清耳朵的工作到什麼時候呢？

四十八歲時，我在銀座開了分店。說有事業心是比較好聽的講法，我真正想要的，或許是「威嚴」吧，像金箔一樣薄的威嚴。若一切順利，我就不必在店裡奔波，可以專心當個老闆。我把父親留給我的本店，交給了店面改裝時僱用的手藝很好的師傅，自己則坐鎮銀座店。當時的我，根本看不清理想中的自己，與現實中的自己的差異。

客人啊，您以後拚事業時，千千萬萬得要注意。任何公司不論經營得多成功，重要的是初衷，而不是規矩。這樣啊，您打算一輩子獨立工作嗎？或許那才是聰明的選擇。

頭部、肩膀、雙手都被按摩過的我，精神恍惚地癱在椅子上。老闆按過的地方還在發疼，血液奔竄全身。我猜現在的我一定一臉憨相，就像剛射完精。老闆的手藝實在太棒了。

椅背被放倒。戴上口罩的老闆用熱毛巾蓋住我的臉，肥皂的香味輕輕搔著鼻腔，耳邊傳來起泡聲。

滿滿的蒸氣滲入肌膚後，老闆拿掉毛巾，在我的臉上塗抹熱肥皂泡沫。

開了分店的隔年，我娶了第二個老婆。她在我工作結束後常去的、銀座的店裡上班。說是「銀座的店」，其實只是普通的小餐館而已。她是老闆娘朋友的女兒，來店裡幫忙，白天是上班族。

初識時，她應該很討厭我。因為我把白天向別人低頭的窩囊氣，全出在酒館裡擺架子。和之前不一樣，她是我費盡千辛萬苦追求才嫁給我的。

她是個很能幹的老婆。明明小我一輪，但總是我被她唸。每次我在抱怨店裡來的客人品行不良時，她就會對我說：「忍耐也含在理髮費裡」，剛開始你來我們店裡時，我也這麼想，然後一直忍耐。她這麼一說，我就不氣了，實在不可思議。

我們也生了孩子。我和前一個老婆沒有小孩，所以這是我年過五十後的第一個孩子。唉呀，那真是說有多可愛，就有多可愛。若人生有高峰和低谷，當時就是我人生的巔峰了。

但好日子這東西啊，正因為不長久，才是好日子。您看我現在這副模樣就知道了，在銀座開店失敗了。分店經營失利後，我又開始借酒澆愁。

跟之前不一樣，第二個老婆只要我喝太多，就會大發雷霆，跟我吵個沒完。但我不敢打她，因為如果我對她動手，她會加倍奉還。既然沒辦法打她，我就不回家，還在外頭有了女人。我當初明明那麼迷戀我老婆。她的嘮叨我也聽不下去，什麼明天還要工作啊、我會擔心你的身體啊，反正我只想喝酒。

或許是因為手上拿著刀子，老闆一刮起鬍子，話就變少了。只有削鬍鬚時所發出的、落雨般的聲音暫停時，才傳來偶爾幾句隔著口罩的咕噥。

我說我見過形形色色的人物，聽過各式各樣的故事，講得飽經磨練似的，其實一點長進也沒有。我要的不是理髮椅，而是屬於自己的座椅，從我還是個小鬼頭，立志當藝術家時開始，就一點也沒變。

我想我一定不論任何事情，都只敢透過鏡子看吧。畢竟直接面對太痛苦了。搞到最後，兩間店都拱手讓人。本以為放棄銀座店，就能繼續經營下去，但……唉，發生了很多事。

其實我，殺過人哪。

抵在喉嚨上的剃刀，突然涼颼颼的。我怎麼都覺得老闆的話並非偶然，而是看準了刀子按在喉嚨上的時機才開口，像在試探我。不，或許是在測試他自己，看看映照在客人這面鏡子裡的自己，究竟是什麼模樣。

二十六年前，那個我把本店託付給他的男人，突然說要辭職獨立。長年以來擔任左右手，協助我打理店面的他，當時也四十歲了，有了家室，所以我知道遲早會有這一天。但我一想到將來他會從我這裡分出去，就覺得遭到背叛，恨得牙癢癢。他竟然還要帶走其中一位員工，要求我分顧客名冊給他，於是事情一發不可收拾——我倆在營業時間結束後的本店爭執起來。

當時我正在陪常客喝酒，幾杯黃湯下肚，他對我說了些什麼，現在我也回想不起來，但那些話令我怒不可遏，我便抄起剛好放在一旁的電棒捲，朝他的頭毆了下去。偏偏那又是店裡的招牌電棒捲，舊式的，又粗又重。

剛開始他還有意識，我也叫了救護車。一路上我不斷向他說對不起、對不起，才陪他到醫院，就被警察給帶走了。隔天我才在偵訊室聽說他死了。那是傷害致死，所以雖然搞出人命，但刑期短得教人心虛。

服刑時我和老婆離了婚。開始她拒絕，但我強行說服她，甚至騙她我和那從沒到獄中探望我，一得知我被捕便肯定逃之夭夭的女人在一起。其實我是心疼她和孩子被人指指點點為殺人犯的妻子與殺人犯的兒子。所以，我一次也沒聯絡她。

不知不覺中，刮鬍便結束了，老闆也從鏡子前方消失，但預定的進度似乎還沒完成。他往店裡深處走去，拿新的藥劑和器材。

我躺在倒下的椅子上，抬起頭，透過鏡子看牆上的掛鐘。我以為時間已經過去很久，但從踏進這間店起，其實只經過一小時。映照在鏡子裡的時鐘，秒針逆時針轉動，彷彿時光倒流。

在牢裡，我兼任衛生員，負責理髮。受刑人中很少出現理髮師，所以他們很重用我。不過獄中能選的髮型，也只有光頭和三分頭而已，唯一需要的工具是推剪。

到甲子園比賽的高中生，大家不都理光頭嗎？很多人都說那樣才清爽，但我可不認為。對我們這樣的人來說，那不是能拿來做生意的髮型，那只會讓我聯想到打仗和坐牢而已。

只有即將出獄的受刑人被允許留頭髮，我們叫做蓄髮。幫這些人剪髮，是我唯一的樂趣，自然而然就全力以赴了。我聽不少人說過，出獄雖好，但找工作卻很困難，所以我想幫他們理個不錯的髮型，讓雇主多少產生些好印象。

最後是臉部按摩。

老闆的手指沿著我的眼眶遊走，眼皮上方、眼角、眼袋、眼頭。他畫了好幾次圓。眼球周圍熱烘烘的，彷彿老闆的體溫轉移了過來。接著，一條冰涼的毛巾覆蓋住我的雙眼。

他的手指像敏銳的觸角般，毫不遲疑地爬上我的臉。五根手指來回撫摸臉龐，摩擦過鼻樑，緩緩揉捏下顎。宛如在確認我的臉部骨骼。

出獄時，我其實已經不打算再開理髮廳了。像我這種人，怎麼能在人前拿刀呢？我一想，便在服刑期間拜託人，把店給賣了。

然而，更生人難找工作，也是真的。幸好我與第二任老婆一起蓋的房子還留著，又因為什麼泡沫經濟，店面高價售出，因此亡者家屬向我索取賠償金後，當下的生活費倒不成問題，但什麼也不做地賦閒在家，並不代表我高枕無憂，因為那個因我而死的男人臉孔，老是浮現在我眼前。

於是，我在保護官的介紹下，開始去老人安養院到府理髮。我其實不介意做志工，但他們還是付了我薪水。這讓我深切感受到，我果然還是只能開理髮廳。

我賣了東京的房子，買下這間屋子，改裝成理髮廳。其實任何地方都好；我會挑這裡，只是因為我喜歡海，而這裡離海近。只要能遠離東京，到沒有人認識我的地方，真的哪裡都行。

最初我什麼都沒掛，招牌也是。即使一位客人也沒有，只要我還在開理髮廳，便足夠了。一直到當地人發現這裡是理髮廳，開始接二連三地光顧後，我才在巴士經過的路上，立了三色旋轉燈。

理髮廳圓柱招牌的三個顏色，紅代表動脈、藍代表靜脈、白代表繃帶。這是以前我常去的理髮廳老頭告訴我的。在古歐洲，理髮廳同時也是幫人把體內壞血逼出、實施放血治療的外科診所，三色柱就是它的記號。老頭曾自豪地對我這麼說，彷彿他過去是名外科醫生。

這間店沿途設置的圓柱招牌沒有插電，流經紅色與藍色血管的血液都凝固了，一動也不動。

我對鏡子那麼講究，是有原因的。讓顧客眺望大海什麼的，都是藉口。掛上這面鏡子，為的是我自己。

理髮這門工作，必須站在大面鏡子前，時時被客人所注目，那太痛苦了。若能一直望著大海，他們就不會把目光停留在我臉上，這是我打的算盤。我一邊想著不會有人記得我的臉，一邊又害怕哪天有人指著我說，你殺過人吧？

我也經常作夢。夢到臉上蓋著熱毛巾的客人，手指向我說：「你是殺人兇手。」客人從椅子上彈起，毛巾落下，出現被我殺死的男人的臉。

漫長的臉部按摩結束了，椅背恢復原來的高度。

我睜開眼，眼前的鏡子亮晃晃的。即將沉入水平線的太陽，映照在鏡子裡，因為太刺眼了，我別開視線。

在這裡開店的第三年，那位客人又來了。

他說在附近拍電影。我沒講話，只是不斷彎腰鞠躬。其實我知道，從好幾年前起，他就不再出現在大螢幕了。

他對我說「跟以前一樣」，要我把他為了演電視劇配角而留長的頭髮剪掉。我比他初次光臨時更細心地為他理髮。他的頭髮已經少了許多，也失去彈性了，因此我剪得格外仔細。

自那以後，他雖然沒有每週來兩趟，但每個月至少都會光顧一次。最後幫他理髮的，也是我。在他過世半個月前，他將我叫到醫院，我帶了能帶的工具飛奔過去。他用一貫客氣的語氣，最後對我這麼說：

「謝謝你。因為有你，才有現在的我。」

我想我隨時都能瞑目了。像我這種人，竟然有人對我感激涕零，我活得總算是有價值了。

鏡子很刺眼吧。不好意思，等頭髮吹乾就結束了。其實這面鏡子的缺點就是夕陽，現在這個時節，黃昏時分我都盡量不排預約，但聽到原田先生您預約時年輕的聲音，我太高興了，忍不住就……

話說回來，您的髮旋位置很罕見哪。是啊，每個人的髮旋都不一樣。不不，這沒什麼好奇怪的。我做這份工作，自然一眼就能看出區別。

您一定覺得我是個到最後都喋喋不休的老頭吧？我平常不是這樣的。您是我第一位說這麼多的客人。因為我八成也活不長了，唯有您，我想說給您聽。

接著老闆說：「您後腦勺縫合的傷痕，是小時候留下的吧？」

我回頭看鏡中的老闆。他沐浴在逆光下的臉龐籠罩著黑影，看不清表情。

這道傷痕，是盪鞦韆跌倒時造成的，河岸公園的鞦韆，因為那裡到處都是石頭。我不想讓兒子在那麼危險的地方玩耍，就買了一座鞦韆，擺在家裡的院子，老婆還笑我太寵兒子呢。
這裡的院子不是有個舊鞦韆嗎？那不是原本就有的，是我從東京的家裡帶來的。

今堂還健在嗎？老闆問我。是啊，我回答。
老闆沉默了。我提高音量，打破只有吹風機聲響的死寂。下禮拜，我要結婚了。接著，我簡短說明了還沒告訴老闆的、我到這裡來的原因。
我要結婚了，我想在那之前，好好到理髮廳剪髮，而不是一直以來的髮廊。我只說了這些。至於我靠著自己蒐集的傳聞，而不是問寡言的母親，費盡千辛萬苦才找到這家店，則隻字未提。
老闆用逆光中蒙上黑影的臉，對我說了聲恭喜。謝謝，我答道。我想再說些什麼，但後面的話，最後只哽在喉嚨裡。
全部結束了。老闆鬆開固定圍兜的工具。我打算自己脫，但他熟練的動作還是比我快。我像小孩一樣，被迅速脫去了袍子。
櫃台旁放了一疊寫有「會員卡」的小卡，我沒有拿，老闆也沒有遞給我。
我將老闆不願收的錢硬塞給他，像闔上古老相本一樣，把手扶上拉門，老闆的聲音從背後飛過來。

那個，可以再讓我看一次您的臉嗎？再一次就好。不不，我只是有點在意您的瀏海。

# 一　曾經走過的路

出車站後的天空藍得不真實，圓環路圓形花圃的另一頭，飄著不自然的積雨雲。照射在柏油路上的陽光，彷彿金黃色的針。我打起洋傘，邁開步伐。

小小的站前商店街與十六年前相比，已然物換星移。原本位於街道右側的西式甜點店，變成了手機通訊行——這樣啊，我再也買不到那裡的水蜜桃塔了嗎？

街道彼端，有一間過去沒有的、小而整潔的超市。明明是我出生的城鎮，我卻想不起來此處原本是怎樣的樓房。我決定到超市買點水蜜桃。

我用手肘拎著裝滿水蜜桃的袋子，走在路上。與都市不同，這裡車輛稀少、路面空曠。作為行道樹的百日紅沿著低矮的街景，開出粉紅色的花。剛過中午，人影還很稀疏。行道樹的某處傳來蟬鳴，一名小女孩站在其中一棵樹下，抬頭往樹上看。和我以前一樣。我也總是好奇蟬究竟是如何停在百日紅那光滑的樹幹上。

這是一座很小的城鎮。穿過站前商店街，街景由民房取代商家後，路面就會往上攀升。在無人神社前左轉，便是坡道。這是我以前每天都會來回的路。出家門時，我總像隻小狗般地往下衝，回程中，則如老犬般拖著腳步爬。坡道上，有我出生長大的家。

坡道平緩而蜿蜒，闊別多年的路途，走起來分外遙遠。在第三個轉角前，我轉了一下洋傘，重新握好問號形狀的傘柄。因為我的手心全是汗。

頂端尖尖的鐵柵欄上和過去一樣爬滿了鐵線蓮，但沒有開花，藤蔓也已經枯萎。門兩側如水瓶的花盆裡種植的橄欖樹，應該與十六年前一樣，不過看起來一點也沒長高。白色的牆與紅棕色的屋頂，稱作「南歐風」雖然好聽，但隔著馬路，對面仍是蔥田，背面還是竹林。這幢與周圍格格不入的房子，一直令我感到丟臉。

白色的牆已經灰灰髒髒的了，但今日天空的顏色，卻像為紅棕色屋瓦量身打造似地，積雨雲如塗了藍色顏料後留下的空白，在屋頂上張開雙手，好似要擁抱某人。我用揮劍的力勁闔上傘，把門推開。

玄關的門鈴似乎壞了，按了也沒有聲音。我環視庭院。

眼前寬敞到足以在都市裡再蓋一棟房的院落，荒草蔓生。原本這個時節，應該開滿了夾竹桃、紫茉莉、山百合。擺在露台上的陶製花盆裡，狗尾草的花穗如貓尾巴般搖曳。這兒簡直是廢墟。若不是幾天前弟弟打電話來，我八成會以為已經沒人住了。

「去見一下媽咪吧。」

弟弟阿充已經三十八歲了，還是把母親喚作媽咪。不過我想，這應該僅限於和我說話的時候。

「你那個叫法被聽到多丟臉，記得千萬別在佳織面前提啊。」我捉住他的小辮子挖苦他，想逃避回答，但阿充強硬的語氣絲毫沒軟化：

「媽咪也想見妳。」

兩聲嘆息的沉默後，我擠出這句話：

「想見我？她真的這麼說？」

「她不說，看了也知道。」

「那是你的錯覺。」

「但妳現在不見她——」

「現在不見她，會怎樣？」

「妳會後悔。」

在庭院北側、露台彼端，有一個半島般地從主屋突出的房間，它與其他房間一樣都是白牆，但牆面是木板，刷上了白漆。油漆已經斑駁得很嚴重，只留下百日紅木紋般的斑點。那是母親的工作室。

我想，她應該待在這兒吧，和十六年前一樣、和更久以前大部分的日子一樣。

門是開的，留有一個拳頭大的空隙，從以前就是這樣。父親總是告誡母親「這樣不安全，還是鎖上門比較好。」然而只會惹來迭聲反對：「這樣顏料不會乾」、「你忘了松節油的味道有多重嗎？」父親是母親美術大學的學弟，雕刻系，但畢業後二話不說就扔掉了鑿子與鎚子，成為上班族。或許是這層因素，父親對母親總是說不出重話。

我敲了敲門。

沒有回應。

我把門推開一半，期待裡頭沒人。雖然透過阿充轉達過今天會來，但我畢竟沒和母親直接說話，也沒聽到她的回應。即便她想迴避我而出門，我也不會大驚小怪，搞不好更希望如此。

然而從以前開始，她就老是輕易粉碎我的願望。

面向北邊的偌大窗戶前，擺著一個畫架，那裡，有一道如凝視鏡子般與畫布相對的背影。她像沙漠遊牧民族一樣，用紫色的頭巾紮起頭髮。被顏料弄髒的白色上衣，應該是烹飪圍裙。只有在畫畫的時候，她才會像個普通母親一樣穿上圍裙，底下則必然搭配連身洋裝。

我又敲了一次半開的門。

扣、扣。

我的心臟也跟著跳。

扣通、扣通、扣通。

她果然沒回頭。母親今年七十三歲，還不到重聽的年紀，一定是假裝沒注意到我。

明明喊她一聲就好，但我卻不曉得該說什麼。已經好幾年了，早在十六年前的更久以前，我對母親便無話可說。

「那個……呃……」

終於回過頭的臉，與我印象中的面孔截然不同。幾乎讓我陷入一種錯覺——是不是開錯了別人家的門。

從紫色頭巾垂落的散亂長髮，黑白交雜。母親的臉原本就小，失去了往昔的圓潤，如今瘦得連頭蓋骨都看得見，而且異常蒼白——因為她抹了厚厚的粉底。明明以前在家，她幾乎不化妝啊，現在卻連嘴唇都像人造花一樣鮮紅。

只有望著我時眼白偏多的大眼，以及高高尖起的鼻子沒變。若以動物來譬喻，我的母親就像鳥。不是小鳥，而是雞，或者是鷲，又或老鷹。

我該拿什麼臉見她呢？怎麼也想不出個所以然的我，只好先把情緒隱藏起來。

母親反覆眨了好幾次眼，紅唇依舊緊閉，吃驚地面向突然現身的我。

那是什麼眼神？她沒聽阿充說嗎？還是她也被我外表的變化嚇到了？跟十六年前比，我確實不年輕了，應該跟年紀一樣老了許多，但我一頭沒有染的直髮還是跟以前一樣，久到我都覺得該做些改變了。及膝的連身洋裝，母親應該也是看慣的。我從不將牛仔褲或長褲當作外出服，因為我不曉得該怎麼搭配。

「哦，是妳。」

母親如大夢初醒般出聲說道，接著馬上轉為極度現實的口吻：

「妳來做什麼？」

這是對十幾年不見的女兒說話的語氣嗎？

回答母親的話，聽起來彷彿都成了藉口。

「是阿充聯絡我的。」

一踏進工作室，木頭地板便像老鼠一樣發出叫聲。這裡雖然是我家的一部分，但每次進來總是很緊張。現在也是。地板吱吱嘎嘎的聲響，聽起來就像過去的我，所發出的無數嘆息。

這裡也是我的教室。

面向庭院的門，是過去開繪畫教室時遺留下來的，右邊有另一道通往主屋的門。以繪畫教室而言，這個房間很小，光塞五、六位學生就滿了，但當作一人工作室，已經足夠。屋內的牆壁與外牆一樣都是白色，不是因為母親的喜好，而是為了工作室的實用性。為了不讓陽光直射入屋內，除了北側以外，工作室只開了一道面西的小窗。屋裡瀰漫著油畫工作室獨特的刺鼻味，而且非常悶熱。

我的腳步停在離母親三步遠的地方，那是用調色刀敲不到手背的距離。「我說過多少次了？用完的筆要立刻洗。」「妳那是什麼衣服？那麼粗俗的打扮還不換掉。」

我下意識地用單手整理連身洋裝的裙襬，心裡戒備著她恐怕又要對我的衣服挑三揀四。而我也對選了庸俗碎花連身洋裝的自己，感到一肚子氣。

母親明明是個不做家事的人，但小時候我和姐姐穿的衣服，都是她用縫紉機親手車的。每一件都是連身洋裝，大多是碎花圖案。身為畫家，她對孩子們的穿著卻相當古板，硬是將十幾二十年前的審美觀強壓到我們身上。

長大後我開始自己挑服裝，但她似乎對我的每一件衣服都有意見。不論我選哪一套，她都會說：「妳那是什麼衣服？」

每次我都會頂嘴：

「妳以為我還是小孩嗎？我已經十六歲了！」「我已經十九歲了！」「我已經二十二歲了！」。

情況一直持續到我離開這個家、獨立生活為止。「我已經二十六歲了！」

「妳說誰聯絡你？」

「我剛才不是說過了嗎？阿充。」

回答的口氣不知不覺變差了起來。關於我的人生，不論是連身洋裝還是現在的生活，她絕對都聽阿充提過，若要對我指指點點，我一定立刻反擊，說詞都準備好了。

母親並沒有用批判的眼神打量我的服裝，甚至連我的臉都沒瞧。她的視線在半空中遊走，像在喊別人的名字般囁嚅道：

「阿充……」

母親始終坐在畫架前，我也不期待她站起來迎接我。

畢竟她站不起來了。阿充在電話裡這麼對我說：

「她的腿很虛弱了，最近都坐輪椅。」

我知道他這麼說是想讓我擔心，所以我刻意用冰冷的語氣回應：

「她那麼愛面子，竟然坐輪椅？那肯定病得很重。」

「就是因為愛面子才會坐輪椅，不是因為走不動。我猜她是不想讓人看到她走路搖搖晃晃的樣子。為了身體健康，最好還是用雙腳走路，但她講不聽。」

阿充，你是她的心肝寶貝，連穿牛仔褲都不會被罵，但我記得你的刷破牛仔褲常被她在倒垃圾的日子擅自丟掉。她都對你說「垃圾就該扔掉」了，你還那麼擔心她。連你說的話都不聽了，你要我怎麼對她開口呢？

阿充和我一樣，住在離這裡很遠的城鎮，但他不像我，偶爾還會帶太太佳織和孩子們回到這個家。母親重男輕女，彷彿弟弟與我和姐姐是不同的物種，她百般呵護他，像疼愛寵物一般。

聽他說，母親的身體是兩年前左右開始變差的。說服心不甘情不願的母親，想方設法地請看護照顧她的，也是阿充。

「最近我一個月會去看她一次，但之後就沒辦法了。」

在我眼中永遠是小孩的阿充，如今是電機公司的副課長，十月起要外派到其他國家，似乎已經正式定案了。

「她身體哪裡不好？」

「很多地方。」

「很多地方，是指活不了多久嗎？」

「不，也不能這麼說……反正妳見到她就知道了。」

我察覺電話另一頭的阿充，刻意把話講得含糊不清。意思是，要我親眼去瞧瞧。他似乎不論如何，都要讓我見到母親。代替我照顧她——這句話雖然沒挑明，但也顯而易見了。

母親身材高挑，在我還小的時候，總是高高在上地俯視我，等到我長大了，看我的角度還是沒變。如今她蜷著身體，縮在輪椅中，看起來那麼矮小。是啊，她再也不會高高在上地俯視我了。

我只往前跨了一步，低頭看她。

「聽說妳身體不好。」

重新轉向畫布的母親，像雞一樣猛然回頭，將平塗筆如槍口般對準我。我發現她的口紅塗出了嘴唇，令人厭惡而醒目的眉毛也畫得左右不對稱，一點也不像個畫家。

「沒有任何地方不好，我只是上了年紀後不想和以前一樣罷了。」她扔下這句話，再次轉回畫布前。母親綁頭髮的髮帶是向日葵花紋，因為是紫色，所以我沒立刻發現。我好想離開這個地方回家換衣服。因為我的連身洋裝圖案雖然變了形，乍見之下看不出來，但其實也是以向日葵為主題。

母親偏愛向日葵。從身上穿戴的衣物配件到日常用品，全都選擇向日葵樣式或有向日葵花紋的。我們姊妹的連身洋裝也是，夏天的洋裝都是向日葵圖樣。有時她也會用向日葵作為她個人畫作的主題，每到夏天，向日葵更會成為繪畫教室的功課之一。

因此我對向日葵很熟悉。向日葵乍看是一朵龐大的花，實際上是由許多小花集合而成，中央咖啡色的部分稱為管狀花，外圈一片片的花瓣稱為舌狀花。現在我應該仍能不假思索地畫出一小朵一小朵管狀花的細密畫。

然而，院子裡明明開了那麼多各式各樣的花，母親卻沒有種植真正的向日葵。「向日葵只要當創作主題就夠了。真正的向日葵多低俗啊，太生氣蓬勃了，看了就討厭。」

她是個會用自己的審美觀擅自幫所有事物評斷優劣的人。不論是花、畫、物、人，還是自己的女兒。

她的價值觀永遠只有二元對立的喜歡或討厭，不存在中間值。

為了不讓母親蓋上「討厭」的不合格印章，我與姐姐過去都拚了命。而比賽，總是姐姐領先。

母親彷彿忘了我還在，繼續畫圖。我擦了擦汗，盯著她。老早就將準備好的寥寥幾句話說完的我，決定先從客觀事實聊起。

「妳不覺得這房間很熱嗎？」

「嗯？」

母親用雞一樣的速度迅速回頭。她的汗把妝都弄花了，臉上五顏六色的，表情卻彷彿現在才發現。

我應該早點問的。我沉默地找起空調的遙控器，工作室異常凌亂。

以前，母親總是將房裡的每一樣物品，按照她自己才知道的規則擺放在特定位置，彷彿那也是畫作的一部分，亂動的話就會大發雷霆。不論是顏料、畫材、畫布或畫冊，還是石膏像、素描觀察用的貝殼、塑膠製的果實。

如今雖然說不上亂扔，但我發現規則已經脫序了。遙控器竟然塞在人形衣架與掛在上頭的凱薩琳．薩吉的畫冊空隙間。

我按下按鈕，空調沒有反應，按幾次都一樣。我打開背後的蓋子，裡頭沒放乾電池。

我露出挑釁的神色，向母親擺弄打開蓋子的遙控器。我的表情，看起來大概像在炫耀我贏了吧。

搞什麼？妳的規則就這點水準嗎？那不是妳最引以為傲的嗎？還是說沒人看著，妳就退步了？

母親不可思議地盯著我的臉，汗從她被髮帶遮住的花白頭髮中淌下。

父親是在十三年前過世的。我最後一次見到母親，就是在父親的葬禮上，但當時我們的視線幾乎不曾交會，也沒有說上一句話。

最後一次像樣的對話，是在十六年前，我離開這個家的時候。

母親說：

「妳以為妳能獨立生活嗎？我看過不了多久就會逃回來了。」

我回答：

「妳錯了，到時候會是妳求我回來。我會自立門戶，永遠。」

為什麼我會回來這裡呢？明明打算跟她老死不相往來的啊。不過既然來都來了，我其實有很多話想說，有好多話想告訴她，卻無話可說。這十六年來，我明明不斷在心裡與她對話。我換了好幾份工作，每次都會在接到新工作時說：「妳看，我也可以做得很好。」；交了新男友，會說：「身為女人，我比妳更有魅力，過得也更幸福。」；別人稱讚我穿衣服有品味，我會說：「真希望妳也懂得這樣打扮。」；心力交瘁的時候會說：「對不起，就像媽妳說的一樣……」

母親身前的畫布是八號的Ｆ，就她的畫而言尺寸偏小。一般來說，Ｆ是用來畫人物的，但她的畫看起來卻像抽象畫。母親的用色向來細膩，這次卻罕見地用了許多原色，塗油漆一樣地以相同色彩刷滿畫布。

她在畫什麼呢？她明明不畫抽象畫的啊？「抽象畫是技術差的人才畫的，目的是讓評價曖昧不明。」

我偷看她的畫。她臉朝著畫布問我：

「妳不渴嗎？」

的確，自從我出門後就什麼也沒喝。她大概還記得我不愛喝自動販賣機裡排排站的飲料吧。那畢竟是她教育的成果，記得也很正常。從我住的城鎮到這裡，搭特快車再轉當地的電車，要花兩個半鐘頭。

我不自覺發出了乖女兒般的聲音。

「渴。」

「那就不要光站著，快去泡茶。要泡紅茶喔，我不要冷的。」

母親果然一點也沒變，還是那個以為地球是繞著自己轉的人。我還期待她體貼我，真蠢。

老家的廚房與我離開時相比，幾乎沒什麼改變。只有冰箱換成新的，水槽旁多了一台桌上型洗碗機。這間廚房早在十六年前便稱不上新，既然沒什麼變，就代表真的很老了。連新面孔洗碗機，也都是很久以前的款式。

母親從不喝茶包泡的紅茶，因此碗櫥裡應該有保存紅茶用的茶罐——一個蓋子上刻有向日葵浮雕的鐵罐。其實我只要問放在哪就好，但我靠自己找了好一陣子，最後發現它並不在碗櫥裡，而在水槽下的櫃子裡，與大量的罐頭擺在一塊兒。

我心想怎麼會有那麼多罐頭，結果全部都是貓食。難道家裡養了貓？

我還在家的時候，家中曾經養過唯一一次貓。那年我十歲，姐姐剛開始上國中。養的是姐姐與我撿來的棄貓。

討厭動物的母親自然沒給我們好臉色看，但最後還是養了，或許是因為喜歡貓的父親難得態度強硬地支持我們，還在讀幼稚園的阿充也覺得小貓是他的同伴，非常親近牠。

那是一隻白貓，唯有眼睛上方像長了眉毛一樣，有兩道黑黑的花紋。所以我們取名為「阿眉」。

阿眉還在的時候，這個家曾經一度溫暖起來。我們兄弟姊妹與父親很喜歡陪阿眉玩，阿眉可愛的模樣與呆蠢的行徑成了我們歡笑的話題。母親雖然裝作沒興趣，但我知道早上吵著吃飯的阿眉黏著母親磨蹭時，母親會偷偷用撒嬌的聲音陪牠說話。母親竟然會做這種事！

但那真的只是一時而已。

阿眉來的那年秋天，姐姐去世了。她在前往國中上學的路上，被打瞌睡的司機開車撞倒。而阿眉在一個月後，也在與姐姐出事的同一條路上，被機車輾死了。「大概是蓉子把牠帶走了吧。」四十九日的法會上，某個親戚說道，母親對此勃然大怒。

自那以後，無論我與阿充如何苦苦哀求，不論是貓或任何動物，母親都再也不養了。

「我不要身邊又有人過世，再也不要！」

話說回來，貓又在哪兒呢？

我從以前就不愛喝熱紅茶。我打開餐廳的空調，心想應該會有手沖麥茶，於是打開冰箱。

門上貼了不是母親字跡的便條紙。

AM9：00 藥① ② ③

PM5：00 藥②

PM9：00 藥① ④

母親似乎沒有拜託每週來三次的看護做菜，冰箱裡空空如也。能稱作飲料的只有紙盒包裝的牛奶，而且還過期了。

但不曉得為什麼，瓶裝的花生醬排了好幾罐，簡直就像在拍花生醬廣告，共有六瓶。是因為特價所以大量購買？她有那麼愛吃花生醬嗎？

關於食物，她從不告訴他人自己的偏好。我想是因為，對母親而言「那是不入流的」。

我有種看了不該看的東西的感覺，趕緊關上冰箱。

這麼說來，十六年前我離家時，母親與阿充都還在，因此我並不曉得母親的獨居生活是什麼模樣。

家人一離開，女人就會變成這副德性嗎？不曾組織過家庭的我，好難體會。

我雖然和男人同居過，但早在很久以前就分手了。

他曾來母親的繪畫教室上課，大我一歲。其實我離家，最大的原因就是我和他交往遭到反對。

他是一個夢想成為畫家的人，但那始終只是夢想。他總是畫著連身為畫家女兒的我都看不懂的、令人難解的畫，嚷嚷「我要挑戰大作」連打工都辭去。與他交往的那五年，絕大多數都是由我一個人賺錢負責開銷。

作畫所需的畫材並不便宜，房間也不能只有一間。我倆住進了租金比公寓還貴的透天厝，我開始到酒店上班。

我明知道他是個沒有出息的男人，也早就不愛他了，卻與他同居了五年，只因為我與母親賭氣。或許我盼望的是讓那個男人成為優秀的畫家，對母親還以顏色吧。

我懷孕過，是那個男人的孩子。「等寶寶生下來，我們就登記結婚。」這個約定，在四個月大流產時，隨著肚子裡的孩子一併消逝了。那成了我們分開的導火線。

趁水煮開的期間，我削起買來的水蜜桃。母親雖然從不告訴別人她愛吃什麼，但我想她應該喜歡水蜜桃。

每到水蜜桃的產季，她就會用上各種理由將水蜜桃買回家。

「妳看，這個鮮艷的粉紅色漸層好漂亮，所以我就買了。」

「水蜜桃很適合練習素描。它的曲線看似簡單，其實畫起來很困難。」

其實她大可以坦率地說出來。

「我喜歡吃水蜜桃，大家一起吃吧。」

只要這樣就好，過去這個家中，餐桌上的沉默與緊張，肯定會和樂融融起來。

挑選茶杯令我有些傷腦筋，因為碗櫥裡放了好幾組花色不同的茶具。有的杯子是十六年前沒有的。我不曉得其中哪一個是母親最喜歡、最常用的。算了，這有什麼好在意的呢？我伸手，卻又縮回手來。因為我討厭聽她抱怨：「這杯子是怎麼回事？這不是我討厭的那個嗎？這就是妳的品味？」

我打開茶罐，正打算將茶葉扔進茶壺裡，才發現——

茶葉上覆了一層白色的粉末。

發黴了。

妳是怎麼搞的？竟然讓紅茶發黴？就算身體很差，至少還能走路不是嗎？拜託妳像樣點好嗎？

我像終於抓到把柄似地一個勁兒地數落她。只在心裡。

怎麼辦？這還能喝嗎？總之我先泡了一壺，喝了一口看看。嗯……不曉得。我和母親不同，連伯爵茶和大吉嶺都分不出來。因為我只喝咖啡——為了與一口紅茶經的母親唱反調。

對了，做成水蜜桃紅茶好了。其中一顆桃子只削了皮，沒有切。我拿出另一顆切碎。只讓她喝不公平，所以我把自己的飲料，做成了水蜜桃冰茶。

我將紅茶與盤裝的一整顆水蜜桃端到工作室。放顏料、調色盤與畫筆的茶几已經沒有空位了，於是我從房間角落拉出一張椅子，把托盤放在上面。從以前她就不對我說「謝謝」，我早就習以為常了。

母親喝了一口，輕聲叫了一下。

「啊。」

靠著牆喝水蜜桃冰茶的我，背脊如鐵尺般打直。但事到如今，我還有什麼好怕的呢？我已經不再是當年住在這裡的小女孩，而我面對的不過是個坐輪椅的老太婆。

「妳放了什麼進去？」

母親猛禽似的眼神掃向我。

「嗯……水蜜桃。」

「哦，這樣啊。」

看來她很喜歡。她雙手端著杯子，邊流汗邊噘起鮮紅的嘴唇啜飲紅茶。為此鬆一口氣的我，感到情何以堪。

喝紅茶的時候，母親三不五時就瞄瞄水蜜桃。我假裝沒看見，若無其事地說道：

「喜歡的話，吃點水蜜桃吧。」

「那含水量太多，會跑廁所。」

我故意壞心眼地說道：

「那我吃囉。」

「好吧，妳放著。」

我靠近西側的窗，假裝望向外面，隨後她就像害怕水蜜桃被我搶走一樣，慌慌張張地放下杯子，拚命轉動輪椅。我以為她要跑廁所，結果她已經用雙手抓起水蜜桃了。這一切，我都用眼角餘光偷瞄在眼裡。

母親緊緊捧住桃子。

扯開鮮紅的嘴唇，露出牙齒。果汁從鷹爪般的手指縫隙滴滴答答地滑落，連難聽的噗啾噗啾聲都發出來了。她大概以為我聾了吧。

簡直像個小鬼。不是小孩，而是餓鬼。

丟死人了。真慶幸我有買水蜜桃。

我想露出嘲諷的笑容，臉卻不聽使喚，只好轉回頭面向窗戶。

窗戶那頭有張人臉。

是留妹妹頭的女孩。

我只看得見她肩頭以上的部位，但應該穿著一身白色的連身洋裝。是剛才抬頭端詳蟬聲大作的百日紅的女孩。她面無表情地盯著冷眼瞪視下巴流滿汁液、啃著水蜜桃的母親的我。

我們小時候，母親曾是國中的美術老師。「我們」指的是我和大兩歲的姐姐，那時阿充還沒有出生。

三十三歲時，母親入選了堪稱邁向大師級畫家飛黃騰達之路的美術展，於是她辭掉老師的工作，作為畫家自立門戶。

當時我們還小，但母親的畫總是令我們驚豔。她以畫家身分描繪的都是超現實主義的作品，但基本功相當扎實，示範給學生看的素描毫不馬虎；心血來潮時，也會畫幾乎跟照片沒有兩樣的寫實畫。

然而母親雖然以畫家身分創業，但要說事業成功與否，又是另一回事了。在收入方面，她並沒有多到能稱作大師級畫家。儘管開過幾次個展，評價也大致不錯，當地畫廊也為了母親規劃特展空間，但她的畫卻不是那種能擺在企業大廳或大財主家裡的類型。世上又人外有人、天外有天，很遺憾的，母親的才華並未讓她從這個鄉下小鎮脫穎而出。

母親不願靠早早放棄藝術的父親養家，便於生完阿充的隔年，在家開了繪畫教室。我和姐姐都是學生。我們雖然是她的女兒，但在教室並沒有特殊待遇。即便有特殊待遇，也只是在課堂結束後延長時間、繼續上課。

我想我並不像母親一樣有才華，姐姐也與我差不多。唯有母親深信不疑——只要從小實施精英教育，總有一天會出人頭地。但那並不是為了我們，而是母親將她的懷才不遇，歸咎在出生於貧困家庭，害她直到就讀高中、進入美術社以前，都與繪畫絕緣。連父親都不知道，母親究竟是如何湊出美術大學的學費。

所以她要求女兒們追夢，代替自己實現夢想。

她也讓阿充畫圖，但就我所知，並沒有強迫他。母親曾這麼說過：

「男人不行，他們有太多事情無法割捨。」媽，妳錯了，女人才是一堆包袱扔不掉。

自從比我稍成氣候的姐姐去世後，母親就將過多的期待壓在我一人身上。從學校回家後，每天就是重複畫素描。相同的石膏像及靜物，得畫好幾張、好幾十張。夏天則是日日夜夜的水蜜桃與向日葵。然而不論畫什麼、怎麼畫，母親都不喜歡我的作品，她總會長篇大論地解說我哪裡畫得不好、以及我是個如何差勁的學生。不是數落，而是解說。我實在承受不住。我的心，就像工作室鋪的木頭地板一樣，老是發出吱吱嘎嘎的哀號。

不久，我便想出了一個保護自己的方法。每當母親責備我時，我就讓心飛得老遠。心離開了身體，被罵的不是我，是另一個女孩。

這個負責挨罵的倒楣鬼，是個和從我一個模子印出來的小女孩。圖畫得很醜，夏天想和其他小孩一樣穿五分長的短褲，因為老是在畫圖、無法和其他小孩玩，所以沒有朋友。名字叫小眉。

小眉和我每天都會說話。在母親暫時離開的教室裡、在我們自己的房間裡、在被窩裡，就像我和姐姐聊天那樣。我習慣先向小眉道歉，因為母親開罵時我老是開溜，而小眉總會露著寂寞的笑容原諒我。

我想，我並沒有發瘋。我很清楚小眉是幻影，但我只能拚了命地緊緊抓住她。就像夏末停在百日紅上的蟬一樣。

我當然也報考了美術大學，但沒有一間上榜。

母親對著連最低限度的造型大學都落榜的我說道：

「妳根本就沒有天分嘛。」

等等，事到如今妳還要對我說這些？

接著她往死裡打般地補了一句：

「都是因為妳不按照我說的去做。連自己的生活都顧不好的人，沒有資格畫畫，也沒有資格活著。」

不甘心的我進了重考補習班，因為母親已經不願再教我了。就像把玩膩的玩具扔掉一樣。隔年，我再度挑戰了一次。

結果還是一樣。最後我進入和美術八竿子打不著的公司，當了普通的上班族。

老實說，經過幾番掙扎後，今天還是來到這裡，無非是為了親眼看看無法獨立生活的母親落到什麼地步。我要嘲笑她，笑她連自己的生活都顧不好。

我冷不防地回頭，看著狼狽啃食水蜜桃的母親。

「怎麼樣？水蜜桃好吃嗎？」

含著籽的母親急忙忙摀住嘴。拜託，果汁都把妝弄花了。

母親用放在畫具旁的面紙掩住嘴，若無其事地吐出籽，說道：

「妳這身衣服不好看。」

看吧，又來了。這人的思考模式我早就摸透了。母親之所以將批評的矛頭指向他人、之所以那麼執著於自己的審美觀且強迫別人，都是為了掩蓋自卑感。是為了保護自己。

對女兒的服裝及言行舉止發牢騷，是因為她總是被注重教養的父親的親戚，揶揄一出生就沒爸爸。喜歡歐式住宅與生活，是因為她少女時代只能住老舊的破公寓。罵我沒有才華，是因為她始終害怕這句話應驗在她身上。

長年離居，已經超過當年母親年紀的我，看得清清楚楚。因為我心中也住著一部分的母親。從遠方俯瞰素描對象，就能觀察到近處看不見的東西。這是母親教我的。

我嘆了十六年份的氣，開口：

「適可而止好嗎？我已經——」

話卡住了。我已經四十二歲了，不再是能說嘴的年紀。

母親用看似銳利又像忘了放感情般的鳥眼盯著我說：

「妳是黃色的人，適合穿黃色。」

又自作聰明了。母親總愛用顏色形容大大小小的事物。「那個人很討厭，是裝腔作勢的淺紫色」、「今天的天氣是豔綠色」、「你的聲音就像鎘紅色」……彷彿只有她看得見別人覷不見的色彩。

我轉動脖子，環視工作室一圈後問道：

「噯，稍微整理一下吧？」

不是出於好心，而是有意諷刺。

「整理哪裡？」

母親訝異地環顧周圍，不曉得哪裡需要整理。

「這裡。」

書櫃中，好幾本畫冊上下顛倒亂塞。擺在收納架裡的石膏像不是歪了，就是只露出背面。這讓我渾身發麻、坐立難安，忍不住想幫忙整理。畢竟我從小就是被這麼教大的。

怎麼會搞成這副模樣？因為上了年紀？媽，難道妳已經卸下優雅母親的身分，連自己的規則手冊都撕破扔掉了嗎？

「多管閒事，不要亂動。」

好好好。

「那可以只收這裡嗎？」

我指著茶几。上頭擺著與母親手上的圓形調色盤不同的、另一個戶外用的方形調色盤。那肯定好幾天沒使用了，上面的顏料都已經乾裂。用水蜜桃罐頭做成的筆筒中畫筆林立，支支沾著顏料。

「不用的畫筆和調色盤要隨時清洗，這是誰教我的？這樣亂放無所謂嗎？」

母親畫得左右不對襯的眉毛圓圓地向上挑起。

「不，我有在用啊，全部都有用。」

她從水蜜桃罐筆筒中抽出筆尖已經變硬的圓筆，在方形調色盤中乾到龜裂的顏料上沾起筆來。

我突然想起自己來這裡到底想說什麼。

「噯，妳還記得妳對我說過的話嗎？」

母親用顫抖的手指拎起松節油，倒在方形調色盤上，溶起顏料來。我繼續說道：

「妳對我說過，連自己的生活都顧不好的人，沒有資格畫畫，也沒有資格活著。」

握著圓筆的母親雖然面向畫布，手卻沒動。我不曉得她在畫什麼，但畫家絕不會塗上不必要的顏色。

「不要跟我說妳忘了喔。」

我一直活在這句話的詛咒下，甚至可以說對此深信不疑——不論從事任何職業。

母親放下畫筆，轉向我，噘起刻有深深法令紋的嘴唇。這一噘，嘴唇周圍浮現了我以前沒看過的直向皺紋。我以為她會連珠砲似地削我一頓，但她卻神色茫然地望著我，呢喃道：

「忘了什麼？」

妳不記得了？這句話我可從來都沒忘啊。

母親瞳孔的焦點終於對到我，彷彿現在才回過神來，她說道：

「話說回來，妳畫畫嗎？」

「怎麼可能。」

其實我畫，偶爾畫水彩。依現在的工作時段，我中午前有空，會在慢跑後畫圖。

「學校怎麼樣了？」

「啊？」

都這把年紀了還說什麼傻話。是要重提我美術大學落榜的醜事嗎？

「今天學校還好嗎？」

啊？

「功課做完了嗎？上美術大學，功課就是一切唷。」

我終於發現阿充說母親生病，是指哪方面了。

擠出下一句話，需要很長的時間與勇氣。但不問不行。

「……妳認得我是誰嗎？」

母親皺著眉頭，消瘦的臉頰痛苦地扭曲。我立刻知道她在生氣，因為過去她老在我面前擺出這張臉，那表情我從小看到大。

「當然……妳是……」

我猜她大概想不起名字。但母親是自尊心那麼高的人，肯定不會承認。

「妳是……我的……女兒。」

她的視線試探著我的表情，眼神看上去既害怕又游移不定。

大概在稍早之前，她都不知道我是她女兒吧。

她全忘了。將我想忘也忘不掉的、過去所有的一切。

「我去洗杯子。」

我把視線從母親臉上別開，腦中一片空白，端著托盤離開工作室。

母親怕是連夏天的酷暑都忘了，連松節油可怕的臭味都不在乎了，任由汗把妝給弄花，畫著畫，畫著塗鴉一般的畫。

我走進廚房，洗著杯子，流下眼淚。

我以為時間過了很久，但在檯式廚房的另一端，夏日午後的陽光，依然猛烈地照射在從餐廳落地窗看出去的庭院裡。今天的天氣是永固黃。

女孩在沒有花的庭院裡東奔西跑。

一個留妹妹頭的女孩。

她一身向日葵花紋的連身洋裝飄了起來，腋下挾著速寫本。一定是為了繪畫教室的功課

——夏天的花，在拚命尋找範本。

為了找母親傍晚要吃的藥，我來到她的寢室，裡頭一團亂。

衣櫃的抽屜全被翻開，抽出來的連身洋裝、絲巾、頭帶，凌亂地散落在地板和床上。床是附有護欄和電動升降機能的照護病床。

母親使用的化妝品全都被倒在和十六年前同樣簡樸的梳妝台上。

鏡子上貼著一張便條紙，是母親的字。

「杏子　ＰＭ２：００」

她大概是聽阿充說我要來，所以努力找出像樣的衣服穿。或許還為了掩飾衰老、為了讓我覺得她與十六年前一點也沒變，而拚命化妝。為了讓我以為一切都很正常。

我原本想為她收拾，但還是作罷。這是長年扮演個性派女演員的人的後台，還是裝作沒看見吧。

我決定出門，去車站前的超級市場大量採買食材。做我稱不上擅長的菜，幫她放在冰箱裡保存。還要買花生醬要抹的吐司。水蜜桃也得多買一點，做成糖漬水蜜桃。

我把放了杯子的托盤端在手上，回到工作室，母親的花臉上浮現警戒的神色。

「我不要吃藥，頭會暈暈的。」

「可是五點要吃啊。」

母親搖搖頭，對我說：

「我女兒要來，我得保持清醒。」

恐怕在她腦中，我又被當成其他人了。母親用下巴指了指畫布，對著不是我的人說道：「吉田小姐，妳看，畫完成了。」

說那是畫，其實只是色彩斑斕的色塊而已。淺紅色、淡藍色與黃色，這三個顏色重複塗抹，畫成了三根粗粗短短的柱子。背景是綠色。

我歪著頭，將脖子左倒右倒地觀察。到底在畫什麼呢？

「有什麼含意呢？」

母親塗在臉上過濃的脂粉，看起來就像因作品完成而興奮的潮紅。她用筆尖指著畫布中間說道：

「這是我女兒。」她神色微露哀戚地繼續說道：「年紀還很小就過世了，是我的大女兒。」

我難得想聽母親講解畫作，於是配合她。

「名字是？」

母親一臉困惑。

「是不是叫蓉子？」

「對，蓉子。」

原來畫的是姐姐。但解說還沒結束，母親將筆尖向右挪，指著藍色的柱子。

「這是……那個……」母親重覆了好幾次「那個……」，隨後安心地嘆了一口氣道：

「阿充。藍色是阿充，我的兒子，他快結婚了。」

原來筆尖一開始指的是中間的紅色柱子。

「那黃色呢？」

她的嘴唇周圍浮現直向皺紋，支支吾吾起來。我在想要不要幫她一把，但又害怕而不敢

——我怕她會說「這是我丈夫」。

母親出聲了，她因為回想起來而興奮地加快語速。

「杏子。」

「杏子？」還不錯嘛。

「對，杏子，我的小女兒，在上美術大學。跟我一樣會成為畫家。」

原來在幻想中，我上的是美術大學，真光榮。不，老實說我很開心。

接著，她指著背景的綠色說「爸爸」。

「我先生，很適合對吧？他總是站在身後支持大家。還有還有——」

母親抓住了我的手腕，我從來沒看過她這個樣子。或許她總是和名叫吉田的看護小姐用這種方式說話吧。我想她是到了獨居、衰老、生病，才終於找到一個可以撒嬌的人。這樣的人在她過去如刺蝟般對周圍持續警戒的人生中，是不存在的。

「這個白白的小點，是我家的貓，非常可愛唷。咦，牠跑哪去了？」

母親像貓咪不知跑去哪裡午睡似地環顧工作室。她噘起嘴，又立刻縮了回去，可能是因為想叫牠，卻發現自己忘了名字吧。

「是阿眉對嗎？」

我一說，母親立刻用雙手摀住嘴，雙眼孩子一樣地滴溜溜轉動。這人畢竟有過童年，肯定也露出過這般表情。

「呵呵，沒錯，我不小心忘記名字了。」

我問繼續望著畫布發愣的母親問：

「那逸子在哪呢？」

「我？」

母親咯咯咯地笑了。用少女般天真無邪的聲音。

「我不就在這兒嗎？」

「謝謝妳照顧我。」

母親笑了，是連家人都幾乎見不到的笑容。我知道那只是在客套，但還是禮貌性地報以微笑。她向我低頭道謝，我也點頭致意。直到我把頭抬起來，她的頭仍然低垂。

我想起另一件事──來到這裡後原本想說的事情。

我開了一間自己的店，是妳會皺眉嫌棄「下流」的酒家。但那是我拚命工作、忍辱負重、時不時奮戰，讓自己像刺蝟一樣警戒，不讓人覺得我是個隨便的女人，盡力把生活顧好後，好不容易才開起來的店。

但我脫口而出的，卻是南轅北轍的話。是我原本絕不可能說的話。

「我會再來看妳。」

來時明明還是盛夏，回程時，卻發現季節已經在不知不覺間入秋了。

傍晚的風冰涼刺骨，車站前的圓環上，圓形花圃裡開的波斯菊隨風搖曳。

在波絲菊花叢中，站著一個穿白色連身洋裝的女孩，洋裝上開滿向日葵。但那只是造型而已，花的顏色是水藍色。

妳一直在這兒。

女孩跟在朝車站走去的我身後——用放學後沒和朋友一起玩，慢吞吞地爬上回家坡道的步伐。

夕陽已經西斜了，月台上到處都是拉長的影子。

我腳下的影子只有一個，卻是兩人在等電車。

對不起，一直把妳丟在這。

但沒事，都過去了。

上行列車駛入月台。

接著，我獨自上了車。

# 一　來自遠方的信

1

標題／Re：抱歉，今天也加班，不回家吃晚餐了。

本文／我帶遙香回娘家，暫時不回來。不必回簡訊，也不用打電話。

祥子將出國旅行用的行李箱搬上石階，把窩在身前的遙香重新抱好，然後按了門鈴。從格子門後微微探出頭來的母親，說的第一句話是：「天呀，妳怎麼跑來了？」

「讓我待一陣子。不不，讓我一直住下去吧？」

母親將壺裡的茶水倒入祥子專用的杯子裡，一面訝異地問道：

「我不曉得發生了什麼，但妳有跟孝之說一聲嗎？」

「嗯。」

祥子在搭新幹線前打了簡訊，然後當場關機。

「來，快吃吧。」母親知道祥子在東京車站買的蒙布朗是她愛吃的，所以將它連茶水一起端上桌。「妳婆婆那邊不要緊嗎？」

「她和手繪明信片社團的朋友一起去參加溫泉旅行了，所以我才挑今天回來。唉呀，好好吃。茶果然還是靜岡的香。」

「妳真悠哉啊，我看八成也不氣了，我會早點準備晚餐，妳吃一吃就回去吧。」

「噗呀。」遙香代替祥子回答。在母親耳中，聽起來就像是「不要」。

「但我想妳八成不會聽我的。」

「嗯，我不回去。」

「妳爸不曉得會怎麼唸妳。」

「那是我們夫妻倆的事，不勞他操心。」

祥子將手機開機，有兩通孝之打來的電話。孝之向來沒有用語音信箱的習慣。老婆離家出走，卻只有兩通電話，不嫌有點少嗎？

「那個人要是打電話來，千萬別接。」

祥子刻意不用孝之這個名字，而是像陌生人一樣喊他「那個人」。老娘現在的心情不再是江藤祥子，而是舊姓的椎名祥子！

「那怎麼行。」

「房間我住進去囉。」

祥子婚前一直住在家裡，她的房間在二樓。與孝之和遙香一起回娘家時，他們總是睡在裡面。

「啊，可是現在二樓不方便。」

「不方便？」

「辰馬他們住在裡面。」

辰馬是祥子的弟弟。啊，想起來了，三個月前，弟弟好像和沒辦婚禮只登記結婚的女友一起住進來了。原本弟弟在東京擔任跟打工沒兩樣的自由網頁設計師，現在不做了，改幫父親打理果園。畢竟新娘麗亞的肚子裡，已經有七個月大的寶寶。

祥子將睡著的遙香與行李箱帶進一樓的內堂——一個有凹間和佛壇的和室。這是六年前去世的奶奶的房間。

和奶奶打聲招呼好了。祥子起身正準備點香，卻發現一根香也沒有。

她拉開佛壇底下大型收納櫃的雙開門，聞到一股打開收納和服的衣櫃時會有的味道（就像痠痛貼布一樣）。奶奶的味道。

收納櫃裡塞滿了木箱、紙盒與紙袋。除了成套的盂蘭盆節祭祀用品以外，大多數都是沒放進棺材裡的、奶奶的私人物品。

祥子將盒子和袋子一一打開來找香。有奶奶明知是便宜貨卻仍然寶貝的戒指與項鍊，有事先買好要送給祥子當成年禮物卻因為尺寸太小而穿不下的草屐，有擺放一整疊信件的小盒子，有死亡證明書的副本，還有偶爾想起才會翻閱的古老相簿。

祥子覺得好像在偷窺別人的祕密，心裡一陣愧疚。突然，她感到自己似乎忘了什麼。腦中的角落刺了一枚圖釘，但想不起圖釘固定的便條紙上的內容。那對祥子應該很重要。是什麼呢？不不，現在還是先找香吧。

她將盒子與袋子堆到旁邊的地板上，探頭看向櫃子裡，沒有。第七年忌日才剛過，就懶得拜了嗎？奶奶很疼祥子，但不曉得對母親如何？祥子盯著空蕩蕩的佛壇下方心想。她只聽父親抱怨過奶奶一兩次而已，但以媳婦的角度來看，世上肯定不存在「好婆婆」。現在的祥子也懂這個道理了。

啊，有了。看來是她多心了。在上方高約十公分的狹窄櫃子裡，祭祀用品一應俱全。才剛點燃香，遙香就哭了。聽哭聲是想喝奶。不行不行，上個月遙香滿一歲兩個月，便開始戒母乳了。祥子拎起裝了副食品與嬰兒餐具的小豬臉造型背包，衝進廚房。

傍晚父親一回家，客廳便籠罩著一股恐怖的氣氛。

父親只有一開始，對著剛學走路的遙香歪歪扭扭的步伐露出笑容。向母親問完祥子回家的原因後，馬上不發一語。他總是這樣，不會立刻飆罵，而是擺出一張淺草寺仁王像般的臉（嘴巴緊閉的那尊），在腦中推敲待會兒訓人的說詞。他可是連在祥子婚禮上發表感言，都花了三個月擬稿的人。

擋箭牌遙香嘴裡含著南瓜泥睡著了。祥子向在代替喜宴辦的餐敘上碰面後再也沒見過的麗亞搭話，試圖改變氣氛，但就是聊不起來。那也沒辦法，麗亞才二十三歲，祥子大了她十歲不止。

將啤酒換成日本酒夜酌時，父親的稿子總算擬完了。沒有任何預兆，劈頭就是：「妳在想什麼？」接著振振有詞地談起他那套昭和理論：「男人把工作擺第一，有什麼不對？養小孩是女人的工作。」隨後又是：「妳怎麼可以不認真侍奉婆婆？」平常聊天時父親人並不壞，甚至很好打發，但祥子實在懶得與他爭辯，因為那就像在和外星生物接觸一樣。何況父親也聽不進祥子的話。

「妳還有臉說孝之，妳自己還不是連東西都收不乾淨，做飯也是婚前臨時抱佛腳學的。」

不論父親唸什麼，祥子總是當作耳邊風，原本這次也這麼打算，但如今娘家已經和以前不同了。祥子無法忍受在麗亞面前被當作小姑娘訓斥，只好拿讓遙香睡舒服一點為藉口，逃進和室。

祥子讓遙香睡在母親鋪好的床上，拿起智慧型手機。晚餐後簡訊聲曾經響過一次，但祥子並沒有讀。因為一定是孝之傳的。朋友大多都結婚了，不會在吃飯時間寫簡訊來。

標題／Re：Re2：抱歉，今天也加班，不回家吃晚餐了。

內文／我知道妳受了很多委屈。下次見面，我們好好談談吧？我今天很想去靜岡，但工作太忙了，完全抽不了身。我禮拜六再過去。

祥子算了算字數。一行十七個字，共四行又四個字，總計七十二個字，少得稱不上有誠意，甚至還有錯字，八成是趁工作空檔打的。而且你應該要把Re消掉啊。

禮拜六？今天是禮拜三耶，氣死人了。搭計程車再轉新幹線，從孝之的公司到祥子的娘家花不到兩個鐘頭。晚餐時，祥子還一直在等門鈴響起。她心中的某處角落，依然期待著準時衝出公司、汗流浹背地站在玄關大門前的孝之。

哦，這樣啊，嗯嗯，好啊。祥子當然不打算回簡訊，甚至決定下一封連開都不開。你就被冷暴力嚇得渾身發抖吧！祥子原本想關機，但又希望有朋友傳簡訊來，這樣她就可以盡情寫老公的壞話，於是她調成靜音模式，以免把遙香吵醒。兩人有很多共同朋友。

祥子與孝之在這個鎮上讀同一所國中。國三那年春天，孝之向祥子告白，兩人開始交往。儘管祥子先賣了關子，說要從朋友當起，但腦中其實就像教堂壁畫一樣，滿是天使在翱翔。因為祥子也喜歡孝之。孝之是軟式網球社的副隊長，數學很好，雖然臉長得有點像猴子，但眼睛圓圓亮亮的，在當時的祥子眼中，孝之比誰都帥。換言之，祥子是和初戀男友結婚的。

「戀愛與婚姻不同。」

年過三十仍未婚的祥子，老是聽朋友與職場上的前輩這樣耳提面命。如果是聽未婚的人談起，她還可以尊重對方的想法，甚至一笑置之，當故事聽聽就好，唯有已婚人士，她實在不想她們發牢騷。拜託，不要用自己的婚姻失敗來恐嚇我好嗎？不要把別人拖進妳們夢想破滅的現實泥淖裡好嗎？祥子每次聽到，總是這麼想。

然而結婚三年，如今孩子也生了，祥子的想法確實不一樣了。

的確，戀愛與婚姻或許真的不同。

望穿秋水，數著下次什麼時候才能見面的日子變少了。

同住屋簷下的每一天，靦腆相視而笑的時間也更短了。

遙香剛出生的那段時間，孝之為了幫女兒洗澡，都會盡快結束工作趕回家。他會毫不猶豫地幫遙香換尿布，遙香半夜哭鬧時，也比祥子先跳起來哄遙香。但這只維持到遙香長牙的時候。隨著孩子的成長曲線，孝之回家的時間曲線也恢復原狀，總是逼近午夜。「我總不能老是說要幫女兒洗澡，所以得趕快回家吧？」孝之說道。他的主管是年紀比他大的未婚女性。主管與老婆，哪邊比較重要？其實你只是做膩了一開始很珍惜的爸爸的工作，不是嗎？

明明孝之老是不在，婆婆卻三天兩頭往家裡跑。她與祥子夫妻同樣住在東京，而且很近，只距離兩站而已。婆婆給了遙香好多祥子狠下心來不許遙香碰的點心，有時還會織俗氣到不行的嬰兒服，而且遙香穿了總是刺癢不舒服。自從去年公公過世後，婆婆每週都要來一趟。

「祥子啊，妳不要那麼緊張兮兮。孝之一歲前開始，就跟大人吃同樣的東西了。」

所以他才會變成一個比起花三小時熬的愛妻燉菜，更喜歡家庭餐廳午餐附湯的大人啊。

「出外時還是不要抱前面比較好，要用背的。用背的對情緒教育比較好，最近電視上有播。」

到底是什麼樣的情緒教育，才能養出用腳把襪子扯掉後塞進沙發下的男人呢？祥子真想問問看。

「聽說這種茶喝了對身體不好」、「鏡子的位置要不要換一下？那邊是鬼門唷」、「廁所的捲筒衛生紙，還是折成三角形吧。畢竟遙香是女生啊」。

吵死了。

連續劇裡常出現用手指檢查灰塵的婆婆，現實中的婆婆才不會把自己的手指弄髒，她會用孫子的。「唉呀，遙香，這裡髒髒耶。」

向孝之抱怨，他要不就是一副媽寶豬隊友的死樣，要不就是避重就輕：「只是現在而已，畢竟老爸過世，她也很寂寞啊。」「那是因為媽和大嫂處不好，和妳就比較合得來嘛。」孝之明明是次子，說不定哪天婆婆還會要求搬過來一起住呢！

難道男人就只是生殖完畢後便離群索居的雄性動物嗎？我也想外出啊。婚後剛搬到東京生活時，祥子在不動產公司負責文書處理。公司的環境稱不上多愉快，向只做一年的公司請育嬰假也請不到，於是祥子便趁著生小孩辭去了工作。當她一個人待在小小的公寓裡，不斷哄著哭鬧不休的遙香時，祥子忍不住心想，要是能回到公司去就好了。

務農人家休息得特別早。過了十點，一樓便鴉雀無聲了，只剩二樓傳來隱約的Ｘ　ＪＡＰＡＮ歌聲。

反正都不必餵母乳了，不如從冰箱偷拿一罐啤酒吧。正當祥子這麼想時，手機螢幕亮起，傳來輕微震動。應該是孝之吧？

「我到車站了，再十分鐘就到妳那裡。」對於期待這類簡訊的自己，祥子覺得真是蠢透了。何況寄件者根本不是「孝之」，而是沒有名字的陌生信箱。

標題／暑氣漸溽
內文／相信在那之後，妳過得很好。我也很有精神，努力達成任務，請妳放心。話雖如此，但我不論何時、何地，腦中總會浮現妳的身影。最近我被編派到[redacted]一趟，似乎暫時沒辦法寫信給妳了。媽就拜託妳照顧了，要寄孩子的照片給我唷。

這是什麼？
垃圾郵件？

祥子將文章讀了第二遍後，恍然大悟。不，這果然是孝之寄來的。一定是因為他知道寄件者顯示自己的名字，她不會看，所以才用公司電腦寫信來。

真是蠢到家了。以為耍些小聰明，像正式書信一樣寫得文謅謅的，就會顯得有誠意嗎？錯了，只有反效果。如果這只是要安撫我，所以開個玩笑，那還真是一點都不好笑。

編派？是指從庶務兼業務部調到編輯部，已經正式定案了嗎？孝之現在的公司，是一間祥子第一次聽到時，完全沒有印象的出版社。連《VERY》、《小雞俱樂部》這類雜誌都沒出，屬中小企業。儘管祥子決定嫁給孝之，看中的不是他的工作，但老實講還是有點失望。

■■■■一定是電腦的特殊字型造成的亂碼。孝之很少用表情符號，所以可能不知道，其實他從手機打的表情符號，寄到祥子的手機都會變成「■」。即便祥子說要換成同一家電信公司，孝之還是不肯點頭，總是用一些聽不懂的科技術語搪塞。

五年前，孝之不知道哪根筋不對勁，從電子公司的系統工程師，轉換跑道進出版社。即便祥子對業界一無所知，她也知道這次換工作是在胡來，而錄用他的公司圖的是什麼，也很明顯。

孝之一定不知道吧，女人要的從來不是理由，僅僅是一句「好啊」。

祥子原本想忽略這封簡訊，但大概是身在佛堂，心也化成了菩薩。她刻意保留Re，用想得到的最短句子回訊。

標題／Re：暑氣漸潺

內文／無聊死了，笨蛋，不准回信。

2

一如往常，遙香的哭聲代替鬧鐘響起。她是個神經質的孩子，尿布一溼立刻就哇哇大哭。結婚前，儘管孝之偶爾會心不在焉，但祥子覺得這種大而化之的個性就是他的優點，然而一起生活後，才發現他其實很龜毛。

「味噌湯怎麼會放南瓜呢？應該要放茄子啊？」「口味是不是有點太重？」「換尿布的時候，可不可以不要跟我說今晚吃咖哩？」「我不能穿三雙一千元的襪子耶，會癢」──那飯你自己做嘛！所以就要把襪子塞在沙發底下？

尿布換好後，遙香又甜甜地睡著了，祥子倒是完全清醒了。剛過清晨五點，要奢侈一點睡回籠覺呢？還是喝杯咖啡呢？就在祥子猶豫時，廚房響起切菜的聲音。是啊，務農人家的一天開始得特別早。

站在唯有寬敞令人稱羨的農舍廚房裡的，是麗亞。昨天她還有一雙漂亮的雙眼皮，但不曉得怎麼搞的，如今面對祥子的這張臉，只剩下厚重的單眼皮。

「早安，在做早餐嗎？好辛苦啊。」

現在的季節還算好。採收季時，天還沒亮就得摸黑工作，早餐還是在工作告一段落後才吃。在餐敘上碰面時，麗亞的指甲又紅又長，如今變得圓圓短短，而且沒有上指甲油。麗亞還年輕，甲床顏色依然粉嫩。

將淺棕色頭髮梳成包包頭的麗亞，用毫無起伏的聲調說道：

「因為我答應早餐由我做。」

「妳剛開始一定很驚訝吧？四點半左右就要起床？」

「嗯。」

以主婦前輩的角度而言，麗亞切的白蘿蔔與其說是絲，不如說是條，但味噌湯使用的高湯是真的用昆布和柴魚去熬的。真了不起，哪像我，都只用高湯粉。

「我來幫妳吧？」

「沒關係。」

「不用客氣啦，做什麼好？」

「不必啦。」

真頑固耶。啊，我知道了，大概是昨天父親狠狠把我訓了一頓，說我連學做飯都臨時抱佛腳，所以她才會警戒心這麼重吧。

「啊，來做椎名家代代相傳的煎蛋卷吧。媽已經教妳了？」

淺棕色包頭露出的髮尾左右搖晃。

「不然我做給妳看，妳把食譜記下來。沒問題啦，責任我來扛，調味由我負責，別擔心。」

祥子想借用母親的圍裙，但找不到，而母親也不在。麗亞說她在外面，於是祥子把頭探出後門。

母親正在陪栗助——一隻養在院子裡的柴犬。她沒帶牠去散步，也沒餵牠吃飯，只是無所事事地撫摸栗助的脖子。母親還不滿六十五歲，但背部圓圓拱起的模樣，活脫脫是個老太婆。她身上穿著鮮艷的Ｃａｐｔａｉｎ　Ｓａｎｔａ的Ｔ恤，像在與麗亞較勁似地，散發著一股主角寶座被奪走、落寞下台的年老女演員的悲哀。

祥子穿上母親窄小的圍裙後回到廚房，一鍋味噌湯已經煮得咕嘟冒泡了。祥子瞥了一眼，發現竟然還有柴魚在沸騰的泡泡裡翻滾。

「等一下，妳怎麼搞的？」

祥子的口氣嚴肅起來，一不小心說出了不像她會講的話。麗亞將單眼皮的眼睛睜得大大的。

「啊？」

「柴魚不能煮那麼久。唉，還有昆布也是。」

「啊？是嗎？我以為燉久一點味道會比較好。」

「錯了錯了，最好的高湯得煮滾後趕快把料撈起來。大概三十秒，最多一分鐘。」

母親什麼也沒說嗎？明明嘗一口味道就會發現的不是嗎？還是她故意睜一隻眼閉一隻眼，直到麗亞自己察覺？身為前女主角，母親的意思是我不會教妳，妳得自己偷學？這麼說來，教祥子椎名家煎蛋卷作法的，其實是奶奶。奶奶說過：「我可沒教給嘉代子唷。」如今真是媳婦熬成婆啊。

為了遮掩剛才嚴肅的口氣，祥子刻意柔聲換了個話題。

「以後妳們會搬出去住吧？」昨天辰馬是這麼說的。

「嗯，可是，不知要等到什麼時候……種梨子，好像沒那麼賺錢。」
「還是早點搬出去比較好，我爸媽很不好伺候吧？」
「嗯……可是已經比我爸媽好了。何況我家兩老感覺還會活很久。」
長期抗戰啊，這女孩不簡單。她畢竟才二十三歲，不久後若能掌握這個家的實權，未來便有好長的日子能高枕無憂。
祥子將菠菜拌進蛋裡，這是奶奶親傳的煎蛋卷。因為不是高湯蛋卷，所以高湯的步驟原本會省略，但祥子還是混了一些麗亞熬得有些過頭、柴魚味可能過重的味噌湯用高湯。索性用眼角餘光看著學的麗亞，突然問道：
「大姐，妳會離婚嗎？」
「啊？不會啦，怎麼這麼問。」老實說，她還真沒想到這一步。
麗亞厚重的雙眼出乎意料地敏銳。
「那大姐不會搬回來住吧？」
「當、當然。」舔了口蛋液試味道的祥子喉嚨卡住了。「沒沒、沒這回事。」
祥子一邊激動地揮舞雙手，喊著沒有沒有，一邊想道：原來我連可以回的家也沒有了。
接著，她突然想起來了。想起昨天在佛壇底下翻箱倒櫃時，一瞬間掠過腦海、然後又忘記的東西是什麼。

「那個，妳有看到我的桌子嗎？是不是在倉庫裡？」

「桌子？」

「嗯，以前我在二樓用的。該叫電腦桌、還是化妝桌呢？反正就是一張像書桌的老木桌。」

今年過年回娘家時，桌子還放在老地方，那是祥子從上當地短大開始就使用的桌子，雖然每次回家都說可以扔掉，但捨不得丟東西的母親還是一直把它放在原地。如果問母親，她肯定會酸溜溜地說：「妳看吧，幸好我有留下來。」

「啊，是不是抽屜裡有貼過氣大頭貼的那張？」

「對對。」過氣就不必提了。

「那張桌子擺在房間裡唷。」

「啊？可是我的房間現在是你們在用啊。」

「對呀，那張桌子我們放在客廳用。」

天啊，糟糕！祥子扔下煎蛋卷衝上二樓，樓梯爬到一半正好撞見穿著睡衣的辰馬。

「哦，早安啊，姐。」

「我要進我的房間。」

「啊？你是說我們的客廳嗎？」

二樓是從平房加蓋的，只有兩個房間。爬上樓梯後，最先看到的是辰馬房間敞開的門，以及後頭的雙人床。

靠內側的祥子房間，已經面目全非了。窗簾和衣櫥布套都變成粉紅色，帶有貓耳的抱枕活像是凱蒂貓的臉，有點難以想像留著鬍碴的辰馬在這裡生活的模樣。大紅色的情人沙發大概也是麗亞的喜好吧。再過一會兒你們就會後悔了，不論是情人沙發，還是雙人床，尤其吵架的時候。

電視矮櫃上擺著和房間不搭嘎的大電視，八成是爸媽買的。祥子的桌子就貼在電視反方向的牆邊。桌上放著魚缸，裡頭的熱帶魚正在游泳——彷彿用螢光筆上色的大肚魚。

耳邊傳來爬樓梯的聲音，辰馬再度露臉。麗亞大概和他說了什麼，一開口就急著解釋。

「桌子不能用嗎？對不起，因為它的大小剛剛好。」

「沒事啦，我只是要找東西而已，你可以走了。還有，不要抓屁股。」跟孝之一樣。早上出寢室時，孝之也老是把手伸進睡褲裡搔臀部和跨下，彷彿他們都有一本抓癢操作指南。

祥子眼前已經浮現遙香長大後大叫「不要用你的手碰我！」的景象了。「起床後要趕快把睡衣換掉，不能因為結婚了就邋裡邋遢，不然會被老婆嫌棄喔。」

確認辰馬的腳步聲變小後，祥子拉開桌子抽屜最底下的一層。裡頭塞滿了熱帶魚的飼料及培育器材。祥子伸出手臂，往上一層的抽屜底部摸索。

拜託，一定要在啊。當祥子把手臂深入到手肘時，總算摸到了。膠帶黏性的耐力真不是蓋的。底板上貼著鑰匙，那是最上層附鎖抽屜的鑰匙。

祥子插進鑰匙，拉開抽屜，懷念與霉味令她的心五味雜陳。裡頭收著一疊信。

二十年前祥子與孝之純純的愛，突然便畫上了句點。在製紙公司上班的孝之爸爸臨時調職，才剛過年，都沒來得及畢業，孝之就去東京了。

祥子天天以淚洗面。至於孝之有沒有哭，她不知道。

當時手機是只有幹不正經勾當的大人才拿的。而客廳裡的有線固定式電話，則有一心以為自己十五歲的女兒不可能有男朋友的父親監聽在側。前往東京的新幹線往返車票，相當於半年份零用錢，對於門禁時間是晚上七點的國中女生而言，寫信是唯一能夠維繫初戀的方法。

已經記不得寫了多少封信。

數不清看過多少次回信、重讀過多少遍。

祥子以闖空門的速度，將一疊疊信迅速掃蕩，用圍裙包著出了房間，此時辰馬又出現了。

「你怎麼還在？」

祥子彎著腰，雙手環抱著圍裙的裙襬。

「這裡是我的房間啊。」

「啊，是喔。那打擾了。」

「是你叫我去把睡衣換掉的啊。」

辰馬似乎特地換了短褲與T恤來見祥子。他單手指天橫著走路，不知道在模仿誰，看起來就像在表演某種舞步。

「你不要刻意學年輕人說話喔，都已經三十一歲了。」

「啊，姐，說到桌子，裡面啊……」

信被發現了嗎？雖然弟弟不是會偷看信件內容的人——因為對姐姐沒興趣，但光是被知道她把信件保存起來，就夠丟臉了。辰馬從第二層抽屜取出了某樣東西。

「喏，這個。我想裡頭可能有檔案，所以沒扔掉。」

辰馬手指上拎著的，是掛了現在看起來丟臉無比的地方吉祥物吊飾的手機。那是祥子結婚前一直使用的。

「打擾了。」

祥子彎著腰，把手機搶走了。

「這個煎蛋卷，是誰做的？」

父親的話令麗亞縮起脖子，控訴的眼神掃了過來。祥子按照約定舉起一隻手。

「是我。」

「妳做菜還是一樣難吃。」

可惡，明明就不難吃。那只是因為你不喜歡味道清淡又不夠甜的煎蛋卷吧。椎名家的煎蛋卷砂糖放得很多，醬油味道也很重。祥子做的是符合現代人口味，不放糖，醬油也少的版本。這種孝之比較愛吃。

二十年前與孝之通信，頻率是每週一封。祥子原本想天天寫，但因為高中聯考還沒結束，她也知道孝之不是個勤於動筆的人，於是勉勉強強忍了下來。

兩人分別進了東京與靜岡的高中後，通信頻率變成兩週一次，到了第一次期末考後，成了一個月一次。

那時是秋天的尾聲，通常等上一週孝之就會回信，這次等了兩週還沒收到，於是祥子又寫了一封信。

不必再解釋了，抱歉打擾你了。放心吧，這是最後一封信了。

因為祥子發現孝之的信裡常常出現一個應該是女同學的名字，儘管孝之在信上強調他們只是朋友。

當日來回的車票和買聖誕禮物的錢都已經存好了，然而在東京見面的約定，最終沒有實現。

與孝之重逢，是在四年前慶祝所有人滿三十歲的國中同學會上。祥子萬萬沒想到孝之會來，當她聽見孝之喊她並回頭時，差點沒折斷鮮少穿的七公分高跟鞋鞋跟。

有些人經過十五年，會完全變一個人，但就祥子看來，孝之除了臉上的青春痘消失了，似乎一點也沒變。兩人的第一句話，是當天對所有許久不見的同學都能套用、代替打招呼的句子：

「江藤你結婚了嗎？有小孩了？」

「不，我還單身。」

「我也是。」

一得知兩人都單身，對話突然尷尬起來，但雙方當下並沒有其他交流。孝之擠出了跟以前一樣的白目笑容後，不一會兒就被男生堆給帶走了。祥子參加了猶豫著該不該去的第二攤，但在那超過一半同學留下的卡啦ＯＫ店裡，兩人的位子始終離得很遠。

隔天，祥子去了趟車站大樓。因為盂蘭盆節休假時，祥子七公分高的高跟鞋跟，其中一邊真的斷了，只好請鞋匠修理。就在那裡，她偶然遇見了準備回東京的孝之。當時，祥子幾乎相信紅線傳說是真的了。之後孝之也說：「原來每個人身上都會發生小小的奇蹟。」

在往東京的新幹線抵達前，兩人趁著短暫的時間進了咖啡廳，互相報告這十五年來發生的事情，交換了電話號碼與簡訊信箱。

與十五年前不同的是，現在兩人有手機了。而新幹線的來回車資，大約是一次比較奢侈的聚餐費用。只要說和朋友去旅行，祥子想在東京住幾晚都行。十五歲時，兩人只有在傍晚的公園偷偷牽手，如今第三次於東京見面，祥子就已經與孝之一起在過夜的旅館迎接早晨了。

因此，第二次的遠距離戀愛開花結果了。兩年後小倆口結婚，祥子搬到了東京。

祥子把信收在行李箱最裡面，藏在遙香好幾天份的尿布底下。讀那些信太恐怖了，她做不到。那裡不只有孝之寄來的信，還混了每天都想寫信時，沒寄出只好收起來的信。她決定趁待在老家時，通通一把火燒了。

在跟辰馬借充電器充電後，手機重新復活。愈是可怕的東西，愈會引起人的好奇心，於是祥子還是開機了。畢竟父親和辰馬到離家有些距離的果園去了，母親和麗亞出門買東西，遙香也睡著了，一個人實在太無聊。也可能是祥子現在渴望甜言蜜語吧。婚前最後的紀錄，不論收件匣或寄件匣，滿滿都是「孝之」的名字。

標題／Re：我馬上就要到東京車站了，再十五分鐘就能見到你♡

內文／今天謝謝妳來東京。我好高興妳送我聖誕禮物，我會好好珍惜，一輩子珍惜的，連夏天都要圍著圍巾！我希望過年時能去跟妳爸媽打招呼，但現在還難說。畢竟這次的公司，大家連假日都會上班，如果電腦出了問題，我人一定得在。

什麼一輩子珍惜啊。孝之的圍巾，在那之後就換掉了，當初那條圍巾早就不存在這世界上了。是啦，建議孝之「唉呀，都皺巴巴了，這條別戴了」的不是別人，正是老娘，但我以為你一定會記得，然後對我說：「不行，這是妳當初送我的禮物。」你知道嗎？你毫不猶豫就答應的那句「喔，好啊」，我可從來沒忘啊。

不過話說回來，這種業務聯絡一樣的寫法，還真是一點都沒變。原來孝之從以前就不會把Re消掉，之前都沒發現。留在Re後頭那興高采烈的自己，實在太丟臉了。

哦，從日期來看，這正好是求婚隔天的簡訊。

標題／Re：真的要娶我？我能當個好妻子嗎？

內文／當然啊，我是很認真的，我想和祥子走一輩子。戒指要麻煩妳再等一下，雖然我給不起多貴重的戒指，但心意絕對是一百克拉。

啵啵啵，祥子彷彿可以聽見雞皮疙瘩跳起來的聲音。應該放著別看的，這些對話，根本不像他們會有的。而且啊，這個叫祥子的女人，未免也太矯情了。什麼「真的要娶我」，明明與新幹線門外的孝之揮手道別後，祥子就坐在椅子上擺出小小的勝利姿勢，像修女禱告一樣雙手交扣的啊。

「祥子」的寄件夾也有信，但她沒有勇氣讀。唔，遙香的尿布臭臭的。

這個時期，遙香的大便變臭了，因為副食品愈來愈接近大人的食物。沒有任何人能永遠是天使。祥子邊換尿布邊想：原來我走了這麼遠的路，比東京到靜岡遠得多了。噗滋。啊，還沒消下的奶水溢出來了。

昨天光是看見父親的臉就哇哇大哭的遙香，今天已經能完全坐在爺爺的膝蓋上，雙腳拍個不停了。天氣明明很熱，父親卻穿著過年回鄉時，祥子慶祝爸爸七十歲生日所送的長袖襯衫，結果袖子被遙香的口水弄得濕答答的。

父親的臉色真是翻臉比翻書還快，光是遙香這麼一坐，他那原本像便秘獅子一樣的表情，就成了水族館的魟魚了。喝起日本酒後，父親甚至還說：「妳不必回去了。」然後數落起孝之。

「孝之這腦袋，有時糊里糊塗的。」

嗯嗯，多說一點。祥子一開始是這麼想的，但……

「第一次見到他，我就知道他不可靠。」

「男人應該更穩重、更有架式才是。以前妳交往的那個消防隊的正之好多了。」

話說成這樣，就讓祥子火大了。這已經不單是孝之的問題，連選了這種男人的祥子都被罵了進去。爸你敢說自己是個好丈夫？你幫我和辰馬換過尿布嗎？相比之下，要我別在換尿布時提咖哩，自己還邊換邊自暴自棄地鬼叫：「噢！是乾咖哩！」的孝之，有男子氣概多了。

所以，父女倆最後還是吵架了，祥子今天也早早躲進了內堂，還從冰箱拿走了兩罐啤酒。氣炸的祥子藉著好久沒有的酒氣，從行李箱底層抽出那疊信。原本她想拿到草莓都採完的溫室後頭燒了，但沒有成功。一方面是母親她們買完東西回來後，祥子便不太有獨處的機會，二方面是當她終於逮到時機，卻又狠不下心。

當然，祥子也和孝之以外的男人交往過，其中還有兩個人特別認真。她不曉得跟一般人比起來，這樣的經驗算多還算少。前男友們的照片與禮物，每次失戀她都扔光了，唯有這些信始終留著。因為那不算失戀。她想記住自己曾經有過這般歲月。

祥子寄的信，不論信封或信紙，都是大老遠跑去大型文具店買的。每種都是在煩惱哪種最可愛的情況下，精挑細選而來。而孝之寄來的信，永遠都是當時家家戶戶都有的、內層是紫色的白色制式信封，信紙則是Ｃａｍｐｕｓ的活頁紙。

祥子放下第二罐啤酒，用手指抹去遙香的口水，從每一封收件人都是「椎名祥子」的信封中挑了一封拿在手上。以二十年前的物品而言，這些信不但沒什麼泛黃，邊邊角角也很完整，因為祥子總是把孝之寄來的信，像刑警劇中的鑑識人員保留證據一樣，小心翼翼地封存。即便皺皺的，也是因為祥子太開心了，把信抱在懷裡的緣故。

「來讀吧。」明明已經下定決心，但祥子還是唸出聲來。

遙香沒問題，她正開開心心地啃著辰馬送的凱蒂貓塑膠玩偶的耳朵。祥子如同以前一般，只用指尖將活頁紙輕輕抽出，光是這樣就讓她心臟怦怦跳。最後一次打開來讀是什麼時候呢？太久了，都記不得了。

懷念的文字映入眼簾。孝之的字到現在都沒什麼變，總是習慣向右上角飄。

高中還好嗎？開心嗎？我跟當初料想的一樣，沒考上都立，只上了私立。妳決定好社團了嗎？一樣是管樂社嗎？椎名音樂這麼好，妳一定會很適合那裡的。唔，好想去聽啊。我想參加足球社，不是網球社。不是受到日本J1聯賽的影響啦。至於加油嘛，當然是幫「清水心跳」隊囉！

咦？怎麼這樣？這作文也太差了。祥子明明記得有很多甜言蜜語啊。或許是祥子多愁善感的心，自動在腦中轉譯、補完了吧。搞不好她當時讀的，是自己寫給自己的信哩。

祥子也把其它幾封信拆開，但風格都相去不遠。國三到高一的男人，基本上只是個笨蛋。

她還找到了這封信。

我最近開始看書了，太宰治、筒井康隆、村上龍。妳相信嗎？我讀太宰耶。每次一看書，就像吃飽飯一樣，不不，那種感覺更滿足，就像吸收了營養。我是沒辦法自己寫啦（這妳讀我的信就知道），但我漸漸有個念頭，說不定可以成為做書的人。認真的，將來我想進出版社。

原來是這樣。很久很久以前，祥子還會背孝之的信來回憶，卻在不知不覺間忘得一乾二淨。祥子一直以為孝之轉換跑道進出版社，是因為在電子公司待得不順，而且沒經過大腦就決定了。印象中他從來沒在祥子面前提過，這是他十五年來的夢想。而現在的工作內容，似乎也跟在前公司時沒兩樣。

二十年前的我與孝之，會怎麼看待現在的我們呢？我的夢想是什麼？至少確定不是帶小孩的家庭主婦就是了。

人生可不像信一樣，唰啦唰啦地寫過去就好。父親喝的啤酒不知何時換成了發泡酒。大概是因為辰馬帶麗亞回家的緣故。

明天四點半起床吧。祥子下定決心。不能再像以前一樣，待在家裡睡懶覺，對著母親撒嬌「飯還沒好嗎？」了。這個有弟弟夫妻住的家，已經和過去祥子熟悉的娘家不一樣了。現在還不到十點半，六個小時的睡眠時間，對於帶嬰兒的媽媽而言已經很充裕了。祥子說服愛睡覺的自己，用手機設定鬧鐘，突然螢幕出現了簡訊通知。

又是不明信箱，看來孝之還在工作。他的文章與昨天相比更文謅謅，盡是艱澀的詞彙與漢字。

標題／金風送爽

內文／抱歉，讓妳吃苦了。但願妳每天都平平安安。別擔心我，我精力充沛、幹勁十足，妳大可放心。[redacted]月開始我就要派到[redacted]了。如今時局動盪，我已下定決心，盡力完成任務，為國捐軀亦在所不辭。但我始終掛心的是，我想親手抱抱吾兒。請妳務必保重身體。

為國？他什麼時候變成這樣的人了？該不會公司被奇怪的團體吸收了吧？還是他正在做跟歷史相關的書？連自己的家庭都顧不好了，還有臉說為了國家？不要為了工作賣命啊，還有其他更重要的東西不是嗎？

祥子很猶豫該不該回信，最後決定陪他玩這場莫名其妙的遊戲。該不會孝之是在向祥子提議，像以前一樣再次彼此通信？祥子有這種感覺。

標題／金風送爽（有嗎？）
內文／我很平安。靜岡的一天開始得早，結束得也早。
若想抱吾兒，汝只須放下一切，回我身邊即可，不必捐軀。
只要能活著，國家根本不重要。

3

大概是因為四點五十五分就起床了，祥子一早就被挖去梨園裡幫忙。下個月才要開始採收較早上市的梨子品種，草莓季五月就已經結束了，祥子原本都算好應該不必幫忙，才挑七月初回娘家的。但比預計時間多賴了二十五分鐘的祥子還早起的父親，卻已經換好工作服，說：

「今天吃早餐前要套袋子，祥子妳既然閒著，就來幫忙。」

套袋子。從小祥子就常被父親叫去幫忙，所以很熟悉。這是比起手腳，脖子要先痠痛的重度勞動。但畢竟連麗亞都說要幫忙了，祥子也沒理由推辭。

七月的太陽即便是清晨也很刺眼。祥子塗了厚厚的防曬乳，套上農婦專用的、像在草帽上繫了條方巾的工作帽，將手臂伸向梨棚，用油紙袋將還很小的梨子果實包起來。

梨棚指的是梨園上架的鐵絲網。讓梨樹的枝幹沿著鐵絲網生長，就能抵擋強風，工作起來更方便。至於高度，每間農舍都不太一樣。簡單來說，是依果園主人的身高而定。因此在梨棚裡，頭上的空間是很狹窄的。

和父親差不多高的祥子倒還好，跟爸媽不像，頭都要頂到梨棚的辰馬可就麻煩了，得縮著脖子工作。或許哪天，這個梨棚會架得比現在要高很多吧。

母親穿著梨園農婦專用的泡綿高腳屐工作。個子嬌小的麗亞明明已經有七個月的身孕，卻像是英雄終於有用武之地似地，踩著自己買的高跟涼鞋，害周遭人替她捏一把冷汗。遙香一臉好奇地盯著蟬褪下的殼。那可不是磨牙的餅乾喔，不能吃。

做這項工作，頭必須一直朝上，又是夏天，額上的汗珠像是搞錯了排水口似地，猛往眼睛灌。嗚，又滲進去了。呀，脖子好痛啊。回娘家好辛苦喔，孝之快來接我啊。

早餐是第一次的休息。祥子送父親一行人先回梨園後，和初次套袋子兩個小時而苦不堪言的麗亞示意「妳也去休息吧」，然後慢慢、慢慢地洗碗。幫遙香換尿布時，祥子忍不住打了電話給應該已經出門上班的孝之。

「喂，你什麼時候要來？」

「啊？不是說明天一定去嗎？」

「就算你來了，我也不回去。」

「怎麼這樣。」

「你至少該打個電話來吧？」

先不提是她自己要孝之不准聯絡的。祥子現在只想盡情耍脾氣，因為沒有其他人可以讓她這樣鬧，連親生父母也一樣。

「可是，是祥子要我別聯絡的啊？」

「但你不是每晚都寄奇怪的簡訊來嗎？十點過後，這裡就是半夜了耶。」

「簡訊？」

「那個風格，我可不敢領教。」

「什麼意思？」

「啊？」

「每晚簡訊？我沒寄啊。」

祥子死命盯著手機。她有預感，晚上十點過後，那個奇怪的簡訊又會傳來。

十點二十五分，牌位一樣光亮的薄長方體機械，緩緩地震動起來。

祥子倒抽了一口氣，肩膀隨呼吸上下起伏，膽顫心驚地伸出手指。

螢幕上顯現出文字。

標題／梅開鶯啼

內文／昨天，我轉隊到[redacted]了。下次在[redacted]的一役，要不是大捷，就是兩敗俱傷，或許這是最後的書信了。男兒志在沙場，為國捐軀自是榮耀，但我最近老掛心著妳與尚未見面的孩子。所以即使被叫[redacted]，我也要活著回去。若這場戰爭[redacted]，我一定會陪伴妳與吾兒永遠過著[redacted]的日子。我們生一窩孩子吧，每天幸福快樂。在那之前，得暫時分別了。

祥子盯著被淡淡光芒籠罩的螢幕，久久不能自已。黑暗中，握著手機的手指輪廓被微微照亮。或許祥子的臉也被照得面色鐵青吧。

祥子將房間的燈打開，迅速瞥了壁龕一眼。跟父親說的一樣，祥子連東西都收不乾淨。直到剛才，她才發現從佛壇拿出來的其中一個盒子忘記收起來了。

祥子將漆盒似的方盒蓋子打開。那是前天無意間開了又迅速關上的、收納信件疊的盒子。

裡頭有好幾個褪色的信封，寄件人有掛著奶奶舊姓的女人名字與男人名字，似乎是親戚的重要來信。裡頭還混了一封印著現代卡通人物，不合時宜的信封，那是用來保存某個敬老節，還是孩子的祥子一時心血來潮寫給奶奶的信的。最底層，有一疊用塑膠袋妥善包裹的明信片。

不，大小雖然是明信片，但每一個都是信封。

祥子拿了一封在手上，原本貼郵票的地方蓋了一個落款般的圖章。她凝視著兩兩矩陣排列的古老漢字一會兒，好不容易才認出「軍事郵件」。圖章底下緊鄰著「已檢閱」的紅字，以及負責人的印章。

與現在這棟房子不同的老舊地址旁，寫著收件人的名字——

椎名　靜子

那是奶奶的名字。

某某部隊、某某小隊所發。從屬部隊代替了住址，後面接的名字是——

椎名　正男

雖然沒見過面，但這是祥子很熟悉的名字。

明信片尺寸的信封並未封死，或許是故意設計成不能封上的吧。無封的書信共有三張，折成了山谷摺，一展開就是文章。就像附回函的明信片多了一頁，又像是手繪明信片。信紙上印著畫風非常古老的插圖，是非日本的亞洲風景。

大概是嫌佔位吧？圖都被信紙上密密麻麻的文字蓋過去了。

寒冬凜冽

雖然遲了些，但還是要向妳拜年，今年也請多多指教。接獲妳在正月三日平安生下男孩的消息，我在[redacted]讀了真是欣喜若狂，原來，高興地都要飛到天上，就是這種感覺啊。名字就按照之前討論的，取作勳吧。萬事拜託妳了。離開這麼遠，才深覺妳有多麼重要。這裡別說寒冬了，每天都很熱。我初次出軍務的幹勁也熊熊燃燒了起來。

有好幾處都被墨給胡亂塗黑了。是檢閱。以前的軍隊，會將可能洩漏機密的地方，還有與軍隊理念不合的文字塗掉。連對歷史不熟悉的祥子都知道。

祥子吐了一口鬱積的悶氣，站在佛壇前。桌上立著兩張照片。

一張是六年前去世、享壽八十四歲的奶奶的照片。

另一位在照片裡笑的，是比祥子年輕許多，或許也比麗亞更年少的青年。那是除了祥子，連父親都只從照片看過臉的人——爺爺。爺爺在奶奶懷孕時上了戰場，戰爭結束的那一年，死於緬甸。

這些簡訊，難道是……

這種事情可能嗎？在這個全球資訊都能掌握在手中的時代，怕是某個知道奶奶保管軍事郵件的人的惡作劇吧？這樣想實際多了。

但老實說，祥子已經信了。這是在指責現代人奢侈煩惱的爺爺，或者擔心我的奶奶，寄到這世界給我的。祥子原本只記得奶奶過世於晚上，確認了收納櫃裡的死亡證明書後，證實晚上十點二十五分，正好就是奶奶仙逝的時刻。

耳邊傳來遙香酣睡的淺淺鼻息。此刻在這個房間裡的，一定不只我和遙香。但祥子一點也不怕。一種巨大的、肉眼看不見但異常龐大、深邃、溫柔的力量，籠罩著祥子，讓她打從心底感到安心。

對於這封來自遠方、來自非常非常遙遠彼方的信，祥子回信道：

標題／椎名正男　靜子

內文／謝謝你們，我已經沒事了。

寄出。這封簡訊究竟會傳到哪裡呢？

## 4

禮拜六一早，祥子將遙香抱在胸前，拖著行李箱，朝頭班巴士停靠的車站前進。她沒有告訴孝之她要回東京了，因為她打算讓孝之代替她，接手尚未完成的套袋子的農活。果農生活有多麼辛苦，你就好好體會吧。下次問問他，和全心全意照顧孩子比起來，想選哪一邊好了。

祥子早上再看了一次手機，發現昨天、前天、大前天，晚上十點二十五分收到的簡訊紀錄，統統都消失了。

太不可思議了。不過，算了，別在意。畢竟每個人身上都會發生小小的奇蹟嘛。

祥子將孝之的信裝進垃圾袋，扔到了來這裡的路上經過的資源回收處——除了一封。她將唯一的一封信收進裝遙香用品的小豬臉背包裡。以後要是再與孝之吵架，她就要拿給他看。

信封上的收件人是「椎名祥子」。

寄件人是「江藤孝之」。

那是國中三年級四月時，孝之給她的第一封信。裡頭只寫了兩行字。

我喜歡妳。
請和我交往。

# 〜今天的天空還是SKY

天空是 sky。

天空的顏色是 blue。

在瀝青都快融化的夏天柏油路上，小茜握著背包背帶走著，身子有些前傾。曬黑的腳像鴿子一樣忙碌地挪動，頭上戴著 Bay Stars 的棒球帽。

棉花糖狀的雲擋在路的另一頭。柏油路兩側滿是 green、偶爾摻了點 yellow。

green 是田。田裡綠油油的水稻隨風搖曳，像剛做完寵物美容的長毛吉娃娃一樣毛髮整齊。為了避免有人不清楚，這裡先講解一下，水稻就是會結出米的草。小茜自出生以後，八年來都住在大城市裡，所以一直不知道。她從兩個月前開始住的家也有種水稻。還有種香菇，養雞和長毛吉娃娃。

yellow 是開在田間小路上不知名的花。小茜認得名字的花在這裡幾乎沒有。她只認識向日葵、白頂飛蓬等等。唉呀，無所謂，反正花就是花。用英文講，就是 flower。

小茜正在學英文。她現在是小學三年級生，所以不是學校教的，而是跟新搬進的家裡的表姐澄香學的。小茜邊用鴿子的腳步走著，邊把眼前出現的各種東西唸成英文。

山是 mountain。

太陽是 sun。

風是 wind。

雲是、雲是……唔，雲是什麼呢？忘了。但雲的顏色小茜知道，是 white。

除了火山雲似的 white 以外，天空的色澤是彷彿用一百罐藍色顏料也塗不完的 blue。不論右邊、左邊或頭頂，都是 blue、blue、blue。

小茜朝向大海走著。抵達岸邊後，風景一定也是 blue。小茜想像自己是身在 blue 裡的魚缸中的金魚。她把背包的背帶重新握好，將力量集中在腳跟，以免新買的還很大雙的籃球鞋脫落。

好，blue 的一天又要開始了。

到海邊要走多久呢？如果有帶地圖出門就好了。但小茜的兒童日本地圖應該派不上用場。更重要的是，有地圖就稱不上探險了。

地圖不能用看的，要自己畫。小茜尊敬的探險家們都這麼說。包括阿蒙森、李文斯頓，還有直村直己。小西上禮拜才剛讀完《世界知名探險家２》這本書。

到底走了多久呢？應該有十公里吧？小茜回頭看走過的路。唉呀，還瞥得見忠志叔叔家的雞舍屋頂。十公里是多少公尺呀？

路的另一頭一個人也沒有，no people。路兩旁的 green 中雖然有人影，但也是 no people。因為那看似人影的，其實是田裡的稻草人。

右邊是雜木林。green、green、green 的葉子閃閃發亮，蟬聲大噪。

樹是 tree。

葉子是 leaf。

蟬是什麼呢？之前有學過，可是忘了。不對，根本還沒學，一定要學起來。

聽得見蟬的聲音，卻看不到牠們的蹤影，彷彿樹在叫一樣。tree、song。

如果有松鼠就好了，小西心想。松鼠是 squirrel，這是昨天剛學的。

tree、squirrel、nuts、eat。

英文真好玩。雜木林遠方有一座小不隆冬的山，山用英文講是 mountain。那座山的形狀明明很奇怪，像雙峰駱駝的背，但小茜卻覺得好雄偉。在路旁白頂飛蓬中穿梭的小灰蝶是 butterfly，正在搬運死掉 butterfly 翅膀的是 ant。

唸成英文，平日習以為常的東西看起來就截然不同了。英文是魔法咒語。連人人喊打的骯髒老鼠，都能變成夢想王國的主角。

媽媽是 mommy。

如果是 mommy，一定不會逼我把脫掉的鞋子排好，不會不准我在房間裡吵鬧，也不會要我把香菇吃光光。呵呵，香菇這種怪東西怎麼能吃呢？來，嚐嚐蘋果派吧。

沒用的爸爸是 daddy。

如果沒用的爸爸是 daddy，應該會放棄寫小說，好好找份工作吧。既然是 daddy，當然要打領帶去公司上班囉。而且不必寫書，或許就不會從早到晚喝酒，也不會和媽媽離婚了吧？

路的另一頭開來一輛載滿小黃瓜的貨車。握著方向盤的 people，用「這孩子哪來的？」的表情打量小茜。小茜知道他接下來要做什麼，八成是回頭瞥她的背影，看看她是不是要把石頭扔進田裡。果然沒錯。

住在這附近的 people 彼此都認識，他們不覺得新搬來的小茜一家人跟他們是同一夥 people。即使一開始很親切，在這裡住一陣子就會發現，大家的眼神都起了戒心。連泰子阿姨也是。明明媽媽說「要暫時麻煩你們照顧了」時，她還笑容滿面地回「一直待下去沒問題」，結果泰子阿姨的「一直」只有十天左右。最近連小茜對她打招呼，例如早安、晚安，她都愛理不理。說「開動」時，眼神就像盯著把田地弄得亂七八糟的烏鴉。她還會像故意要讓媽媽聽到似地，對忠志叔叔說：「不曉得她們會待到什麼時候？你有認真收伙食費吧？」

用英文講，阿姨是 aunt，跟螞蟻一樣。

澄香再也不教小茜英語，一定是 aunt 害的。澄香最後教她的單字是「parasite」，似乎就是指小茜和媽媽。現在的小茜，只能偷偷把澄香房間裡的插圖英日辭典帶出來，學新的英文單字。

study、book、pencil、friend、family、parents。

媽媽最近動不動就像烏鴉一樣嘎嘎叫，因為工作很難找。過去在她們住的城鎮，媽媽從事醫療行政，但「附近的大醫院拆掉了。這裡比我小時候還要荒涼，別說行政了，連醫療都沒有。」媽媽說道。

怎麼可以說那麼不負責任的話呢？既然這樣為什麼要搬來這裡呢？又不是小茜想來這個 village 的。當小茜知道必須和學校的朋友道別時，可是難過得哭了好多天，連現在都每天把送別的卡片拿出來看耶！

小茜就是不喜歡。不喜歡澄香說是 my town，但橫看豎看都是 village 的這個地方。不喜歡和媽媽擠在一起睡、還塞了受潮胖榻榻米的儲藏室旁的小房間。不喜歡一打開窗戶就竄進來的雞舍臭味。不喜歡左看右看都只有水稻的風景。不喜歡一個年級只有兩個班的小學。不喜歡一轉學就因為學期結束，所以都沒有朋友可以一起玩的、好漫長好漫長好漫長的暑假。

小茜討厭 village，除了天空以外，全部都討厭。最好統統消失！

媽媽說：「再忍耐一下。媽媽找不到工作就不能找新房子，就沒辦法生活啊。」

小茜討厭生活，想要 life。

她撿起石頭，噗通噗通地扔進田裡。大人都很自私。所以小茜也要自私。今天的小茜進行的可不是普通的探險，而是大冒險。她要 home go。用日文講，就是離家出走。

目標是海，只有這點她想好了。路的盡頭一定有海。小茜記得去年過世的忠志叔叔家的外婆還活著的時候，大家曾經從這裡出發到海邊玩。當時爸爸也一起。爸爸帶著還不會游泳，只能緊緊抓著游泳圈的小茜，游到了海上好遠好遠的地方，遠到在岸邊的媽媽一行人看起來就像轉蛋公仔一樣。

小茜要到海邊看海。

她要去看海。用英文講，就是 sea、sea、sea。

小茜不喜歡這裡，一定是因為沒有海。

她兩個月前住的城市是有海的。打開公寓的窗戶，隨時都能眺望大海。運氣好的時候，還能從工廠的煙囪縫隙看見船。雖然那裡的海的顏色比起 blue，更接近灰，卻是漂亮的灰色。對小茜而言，海永遠都在那兒。就像天空、氧氣、壁紙一樣。

好，該趕路囉。sea、sea、sea。

河川是 river。

橋是 bridge。

小茜用無線對講機報告自己穿過了與長廊等寬的橋，渡過了聞起來像爛泥巴的河。

「呼叫大本營、呼叫大本營。現在已經通過泥巴 river 了。」

大本營並沒有回應，小茜也不以為意。畢竟無線電對講機是草莓牛奶糖的盒子嘛。小茜自己回答「收到」後，順手吃了一顆糖果。

然而，牛奶糖都在口中融化了，小茜還是沒有看見海。駱駝 mountain 正中央有一座屋頂，那是這一帶最大的神社。登上那裡說不定就能看見海。

mountain 底下有一座紅色的拱門，people 們稱它為鳥居，從那裡延伸出一長串石階。鳥居兩旁的芒草長得比小茜還高，如招手般搖曳著。石階兩側矗立著又直又粗的大樹，樹底像黃昏一樣暗矇矇的。這裡一個人影也沒有。小茜環顧道路左右，真的杳無人煙。只有田裡稻草人「の」字形的眼睛瞪著她。

算了，沒關係，神社不去也罷。小茜故意喊出聲音來。

不知哪兒的烏鴉叫了起來，聽起來就像在嘲笑小茜是笨蛋。開玩笑，當然要去啊。小茜決定報告總部。

「呼叫大本營、呼叫大本營。現在開始攀登駱駝 mountain。」

小茜說完後，隨手塞了一顆草莓牛奶糖到嘴裡。好，要上囉。

一爬起山來，背包就變重了。因為裡頭放了餅乾、洋芋片、巧克力等乾糧，還有替換的衣服、指南針、休息時玩的電動遊戲機。早知道就不要把少女漫畫月刊《Ciao》也放進來了。

石階好長好長，小茜在途中平坦的地方稍事休息，心想滴落的汗水應該在石階留下了黑黑的痕跡，但汗水轉眼間就乾了。噢，真不愧是夏天。反正都帶來了，所以小茜還是看了幾頁《Ciao》，之後才繼續往上爬。石階上也有鳥居。當她從綠葉縫隙中瞥見鳥居褪色的紅時，雙腳突然凍結了。她想起了澄香以前說過的話：

「那間神社有鬼唷。這附近的小孩都叫那邊上吊神社。」

要下山嗎？撤退的勇氣也很重要。《世界知名探險家２》是這樣寫的。可是明明只剩二十階左右。雖然沒有一路細數，但應該也爬了一百階以上了吧？

答案很簡單。二十和一百，那邊比較大？這是國小一年級程度的數學。

走吧。小茜決定邊唱在幼稚園歌鴿班學會的歌，一邊往上爬。歌詞是這樣的：

鬼呀鬼呀　不存在

鬼呀鬼呀　騙人的

自從學會這首歌，小茜就敢一個人上廁所了，但她還是害怕把電燈關掉睡覺。在忠志叔叔的家，晚上一定要熄燈睡覺。因為媽媽聽見泰子阿姨對叔叔說：自從小茜她們來了以後，電費就漲了。臭螞蟻，都已經是大人了，要求還這麼多。妳知道在黑漆漆的房間裡半夜醒來有多麼恐怖嗎？小茜像用力踩螞蟻一樣，爬完了剩下的樓梯。

大人大人　不存在

大人大人　騙人的

石階上的神社雖大，但破破爛爛的，屋頂上還長了草。後方普通民房似的建築物窗上釘了木板，看起來沒有人住。空曠的神社境內也是 no people。綁籤詩的柳樹底下，一個半透明的垃圾袋滾來滾去。

小茜快步走到最裡面的角落，竹子架成的 X 形籬笆擋住了去路。從由下往上數第五個 X

的空隙往外看，別說海了，只有長得亂七八糟的樹和蜘蛛網。該不會對面也有人在偷看我？一想到這裡，小茜的後頸就涼颼颼的，趕緊縮回腦袋。

太可惜了，回去吧。真的太可惜了。好了回去吧，快點回去。就在小茜快步走回石階的半路上時，她注意到——

柳樹底下的垃圾袋，正在往香油錢箱前方移動。

就算風吹的好了，可是袋子裡看起來塞得滿滿的，而且現在也沒有颳那麼大的風。仔細一瞧，垃圾袋還在動，朝著神社後方前進，像西瓜蟲一樣。小茜的雙腿變成兩根木棒，她想逃跑，但木棒彷彿被釘到土裡，離不開地面。

垃圾、

袋、

在、

走路。

小茜的眼睛大概已經變成驚嘆號底下的黑點點了。她拚了命地拔出釘在土裡的雙腿向後退，忍不住叫出聲音來。

「咿咿！」

垃圾袋停止了。

「妳看得見？」

垃圾、袋、說話了。

「妳看得見我？」

「是、

誰？」

小茜的聲音在發抖，腳也哆嗦個不停。

「隱形人。」

小茜之所以沒有尖叫，是因為那個聲音也是小孩子。

仔細一瞧，垃圾袋裡隱隱約約有一個蹲著的人形。與地面摩擦的地方有一雙穿著運動鞋的腳。什麼嘛！小茜不想讓對方知道她嚇壞了，所以故意用生氣的聲音喊道：

「不要嚇我！」

「妳看得到啊？」垃圾袋裡的東西嘆了口氣。「倒是我，看外面都模模糊糊的。」

站起來的垃圾袋與小茜一樣高。袋子上面挖了兩個小洞，裡頭的人影扭動著身體，好讓頭來到小洞前。小茜從洞裡看見了人影的眼睛，他有好長的睫毛，臉透過袋子清楚可見，形狀像花生米。

「你一個人在玩嗎？」

小茜用姐姐般的語氣問道。雖然兩人一樣高，但他畢竟在玩這麼小孩子氣的遊戲，所以小茜認為他年紀比較小。

「我才沒在玩呢。」

「那你在做什麼呢？」這是以前還和爸爸一起住的時候，媽媽常說的話。

「扮隱形人。」

好好，我知道了，拜託認真點。

「但我看得見啊。」鼓起勇氣看的話，包括他T恤上的英文。S、L、O、W、S、T、E、P。不曉得是什麼意思。

「是喔。」

透明臉蛋的下半部圓鼓鼓地膨了起來。小茜猜想他大概又嘆了口氣。

「這種遊戲要玩就在家裡玩。」

「家裡不行，會被爸爸罵。」

「那就不要扮隱形人了。」

「我不喜歡被打，所以要當隱形人。」

「我不會打你，你快把垃圾袋脫掉。」

小茜一說，垃圾袋裡的頭便左右搖晃。像節拍器一樣反覆、不停地搖擺。唉呀，小孩子就是小孩子，算了，要戴就戴著吧。

小茜向終於停止晃動的頭問道：

「你叫什麼名字？」

「森島陽太。」

「森……森林……是 forest 啊。」島是什麼呢？明明和 sea 一起學過的呀，忘了。垃圾袋裡的眼睛滴溜溜地轉動，像在問：那妳呢？

小茜先是脫口說出「佐籐茜」，接著又改口為「Sugar」[1]。「請多指教，Forest。」

「是森島陽太啦。」

小茜裝作沒聽見，問道：

「Forest，你知道海在哪邊嗎？」

垃圾袋裡的頭轉向右側。原來在那邊啊，跟剛才看的是反方向。

但前面也有籬笆擋著。往空隙裡頭瞧，一樣什麼都沒有。

1 佐藤在日語裡發音近似砂糖，因此小茜稱自己 sugar。

籬笆前有一棵被柵欄圍起來的大樹。象腿般的樹幹上繫著粗繩，小茜越過柵欄，把腳踩在繩子上，爬上最矮的樹枝。她把快要被風吹走的帽子重新反戴好，用腿夾緊枝椏，一扭一扭地往前爬。

天空出現在籬笆的另一頭。小茜又扭了八次，山下的風景於眼前豁然開朗。風撩起小茜的瀏海，整個額頭都露了出來。

遠遠望去，盡是綠油油的一片。長滿高高水稻的田地呈四方形排列，雜木林看起來像漢堡排套餐中的青花椰菜。雜木林另一頭的小山也是綠的。

不論到哪裡，都是 green、green、green。

好失望啊。在小茜眼中，那些綠就像阻礙探險家前進的叢林一樣。

「喂，看不見海耶。」

小茜向樹下喊道，但沒有回應。她環顧神社的庭院，可是根本沒有 Forest 的蹤影。

好奇怪啊。小茜皺眉歪著頭。頭扳正的一瞬間，腦海中記憶的球便骨碌碌地滾動，彷彿剛好落入 bingo 的洞裡，想起了澄香講的故事的後續。

「以前曾經有人在那間神社上吊自殺喔，是小學生。所以在那裡會遇到被排擠而愁眉苦臉的小朋友鬼。」

剛才是真的？

……鬼？

這下撞見不得了的東西了，以後可以拿來說嘴了。小茜之所以在腦中想些故作堅強的話，是因為她的雙腿已經抖到差點沒從樹上掉下來。今晚不論睡在哪裡，恐怕都不敢一個人上廁所了。

「Fo、Fo、Fo、Forest？」

「什麼事？」

Forest在小茜的正後方。他什麼時候爬上來的？想不到身手那麼矯健。

「海在哪裡？」

「哪裡呢？在很遠的某個地方吧。」

Forest似乎還套著垃圾袋，袋子發出窸窸窣窣的摩擦聲。

「啊，我聽見海浪聲了！」

「不是水稻被風吹的聲音嗎？」

「應該是那邊吧？你看，有東西亮亮的。」

「我覺得那是池塘。」

「你真是一個失敗的探險家耶。」

「啊？」

「沒親眼確認就下結論，不是探險家會做的事情。」

「啊？」

小茜回頭看向 Forest。他把垃圾袋捲到了眼睛上方，臉蛋就像花生上黏了許多芝麻粒。

小茜對著急忙把垃圾袋捲回去的 Forest 說道：

「要不要一起去？」

「去哪裡？」

「海邊呀。」

「剪刀、石頭、布！」

小茜出剪刀贏了。

「cho-co-late。」

只有小茜往石階下走了三階[2]。Forest 很不會猜拳，一階都還沒有往下走，彷彿他不願離開神社。小茜無奈之下只好慢出布，故意輸給他。

2 原文是チョコレイト，共6階。這裡配合英文的音節，改成3階。

「你只要一直出剪刀剪刀剪刀就會贏了唷。」小茜告訴他前進九步的秘訣。

小茜連兩次故意猜輸，Forest 才終於趕上她。他還是套著垃圾袋。

「這個拿掉啦。」

Forest 搖搖頭，袋子發出窸窸窣窣聲。他始終搖個沒完。小茜發現再這樣下去他永遠不會停，於是雙手抱胸先不理他，然後假裝被停在芒草尖的紅蜻蜓吸引，用事不關己的語氣說道：

「算了，不管你了。但你這樣其實很危險耶。」

「危險？」

窸窸窣窣聲停止了。

「嗯，垃圾袋太顯眼了。會被 people 發現唷。」

「people 是誰？」

「住在這裡的人啊。他們會把小孩關在家裡，整天只想著生活。」

「好可怕。」

「對吧？一旦我們離家出走被 people 發現，就會被抓回去唷。」

「離家出走？」

「嗯，你已經做好覺悟了嗎？Forest。」

「嗯。可是，妳為什麼要離家出走？」

「先做再問。好啦，快脫掉吧。」

Forest 總算脫掉垃圾袋了。他的瀏海像是被狗啃過似的，一顆香菇頭亂七八糟。右眼有被揍過的瘀青，整個人瘦巴巴的。明明是夏天，膚色卻很蒼白。一定是因為老是套著垃圾袋。

走下石階的小茜掏出指南針——一個銀色、充滿回憶的指南針。這是以前爸爸登山時使用的。小茜並沒有很珍惜地保管它，真的。她只是因為爸爸離家時忘了帶才順手接管的。小茜蹲在地上，一動也不動地盯著指南針。Forest 也蹲下來探頭探腦。其實小茜不知道怎麼用指南針，她只是為了增加探險氣氛才帶來的，只是想炫耀給 Forest 看而已。

「你不認得路嗎？」

小茜差一點就回答「嗯」了，趕緊用下排牙齒咬住上唇。

「Forest，路不是別人告訴我們的，路是創造出來的。」

「創造路的是挖土機唷。」

「什麼是挖土機？」

「施工用的車。很大一台！我爸也開過。不是現在的爸爸，是以前的爸爸。」

Forest竟然有兩個爸爸！但小茜卻連一個爸爸也沒有。

「這是我爸爸的喔。」小茜將指南針湊到Forest面前。啊！指針晃動了。啊！又回來了。

「我知道了，是這邊。指針有顏色的這邊。」

眼前的風景仍舊一成不變，只有雲朵棉花糖拉長了兩倍。太陽在頭頂正上方，好熱好熱。用英文講，就是hot。hot milk的hot。腦袋彷彿都融化，變成煮滾的hot milk了。Forest像在專注聽什麼似地歪著頭，雙手握緊垃圾袋走著。

「這裡好熱啊，一直都這麼熱嗎？」

「夏天嘛。」

好遲鈍喔。其實小茜想問的是Forest從哪裡來。難道他不是當地人？

「我住的地方就沒那麼熱。」

「中午嘛。」

「我是在問你從哪裡來。」

「那妳從哪裡來？」

小茜回答了兩個月前住的街道名稱。光是把名字說出來，小茜就覺得彷彿有熱檸檬茶流到心裡而不是肚子裡，胸口熱熱酸酸的。她不忘表示，還住在那裡時小茜也有爸爸。

「哦，有大佛的地方。」

「才沒有。」

避開有很多 people 和 people 開車的大馬路，朝較小的岔路前進後，眼前出現了一條坡道，兩旁是竹林。

右邊竹林的盡頭有好多墓碑。每當強風颳過，竹子便互相敲擊發出喀啦喀啦聲，彷彿骨頭與骨頭碰撞的聲響。為什麼會這麼想呢？因為小茜知道墳墓是埋骨頭的地方。她在去年葬禮上聽過這個聲音——那是她用長筷撿著脆仙貝似的白骨時，因為太害怕而手滑，骨頭掉下去敲到骨頭的聲音。小茜在伸手不見五指的房間裡醒來時，也曾經聽到這個聲音。雖然她馬上就發現那是媽媽枕頭邊的鬧鐘發出來的，但在那之後她就再也睡不著了。

Forest 一雙白蘆筍似的腿，似乎爬坡爬得很辛苦。他比從水裡上岸的鴨子還要搖搖晃晃，還像哈氣的狗一樣喘個不停。

「好、累呀。」

「加油。」

「要不、要、休息？」

「再爬一點。」

「海、很遠。要坐、公車、才會到。為什麼用走的？」

「因為有腳啊。」

「那個，妳肚子不餓嗎？」

很囉唆耶。小茜回過頭，食指像手槍一樣對準 Forest，把這個時間媽媽常對她說的話發射出去。

「你不是吃過早餐嗎？」

Forest 搖了頭，這次只搖了一次。

「沒吃。」

「咦？」是在減肥嗎？就連被臭螞蟻泰子逼著上減肥課的澄香，都還有吃營養穀片當早餐了。小茜覺得他好可憐，於是從背包拿出餅乾。

「給你吃。」

「啊，這個不行，我對小麥過敏。」

「洋芋片呢？」

「嗯，可以。」

小茜一把洋芋片的袋子遞過去，Forest 就狂吃猛嗑起來，像好幾天沒碰食物的野貓一樣。因為他實在吃得太津津有味了，所以小茜說不出口那是冒險旅行重要的乾糧，記得留一半。袋子變扁後，嘴唇上還粘著洋芋片粉末的 Forest 說道：

「小茜不吃沒關係嗎？」

「是 Sugar。我不吃沒關係。」小茜雙手抱胸，斬釘截鐵地說道，手卻伸向袋子：「給我三片。」

Forest 把袋子像杯子般抵在嘴邊，連粉末都吃得一乾二淨後，拍了拍肚皮。

「總覺得精神都來了。」

「好，那出發吧！」

「再休息一下嘛。」

「不行不行。我們來唱歌吧，Forest。」

「為什麼？」

「為了走路啊。開朝會的時候，不是都會唱《龍貓》的『向前走、向前走』嗎？」

「有嗎？」

「你不知道嗎？」

這麼說來，小茜在暑假前一個月才轉來的這間小學，從來沒有見過 Forest。雖然她一個朋友都沒交到，但因為只有兩個班，所以都認得臉。高年級和低年級應該也沒有他。小茜一動也不動地盯著 Forest 的臉，果然還是沒印象。

「Forest，你讀哪間學校呀？」

「岸根特殊教育學校。」

什麼嘛，原來不同校。

由於 Forest 也沒聽過鬼呀鬼呀不存在的歌，最後小茜只好一個人唱。Forest 老是盯著自己的腳走路，像是要確認左右腳是否輪流前進一樣。其實只要別去想著正在走路，走路就不會辛苦。小茜覺得如果都不聊天，Forest 又要唉唉叫了，於是對著低頭的 Forest 問道：

「學校畢業後，你想當什麼？」

「啊？」Forest 小眼睛上的長睫毛眨了眨。「可以畢業嗎？」

「我要當探險家。Forest 想當什麼？」

「嗯……」

小茜覺得八成又是隱形人吧。但猜錯了。

「司機。」

「挖土機的？」

「挖土機不行，會出意外死掉。壓路機好了。」

哦，壓路機，聽起來好帥。雖然小茜不知道那是什麼。

「嗯，壓路機不錯唷。」

喀啦喀啦喀啦，竹林又響了。

雨是 rain。

下雨了。好大的雨。路上是 rain、田裡是 rain、房子屋頂上是 rain，小茜與 Forest 頭頂也是 rain、rain、rain。

「好大的雨唷。」Forest 說道，他亂七八糟的頭髮滴滴答答地掛滿了水珠。

「嗯。」

兩人鑽進小祠堂，躲在地藏菩薩兩旁的空隙裡。小茜用地藏菩薩聽不見的音量悄悄說道：

「地藏菩薩好佔位喔，要不要移出去？」

「不行啦，會遭天譴。」

「可是好擠唷。」

「已經比狗籠大了。」

「狗籠？」

「爸爸和媽媽一起鑽進被窩的時候，我就會到狗籠裡。」

「好辛苦啊。」

「習慣就沒事了。」

祠堂雖然有屋頂，但到處都是破洞，雨一直滴滴答答地滲進來。小茜、Forest 和地藏菩薩把垃圾袋擋在頭頂。

耳邊傳來汽車的聲響。小茜、Forest 和地藏菩薩把垃圾袋罩到頭部以下。車子在下個瞬間駛過，泥水噴濺過來。垃圾袋防禦成功。這是小茜在這十分鐘內領悟的必殺技。

Forest 臉上沾著領悟必殺技前的泥巴，說道：

「妳看，幸好沒有把垃圾袋丟掉。」

天空中已經沒有棉花糖了。抹布般的雲朵以兩倍播放的速度將天上的藍擦去。這樣的天色持續多久了呢？真希望能在天黑之前抵達海邊。小茜一把心事說出口，地藏菩薩另一邊的 Forest 便發出忠告似地說道：

「就算到了海邊，恐怕也不能游泳。水母太多了。」

「才沒有水母。」

「有喔。」

「水母都是假的。」

「真的有。像垃圾袋一樣到處漂來漂去。」

「你不要再想垃圾袋了啦。而且我又不想游泳。」

「那妳要去做什麼？」

「看海。」

「然後呢？」

「在看得見海的地方住下來。」

「飯店嗎？飯店才不會讓小孩子住。」

「海邊有小屋。」

「海邊有小屋?」

「你不知道嗎?那裡很好玩喔。地板上有鋪草蓆,可以直接穿泳裝進去。坐在桌邊就看得見海。有咖哩飯,拉麵很好吃,還有柳橙汁唷。也有可爾必思水語。」

小茜想起來了,想起她只去過一次的海。小茜住的城鎮的海不能游泳,因此那是她出生以來第一次去,也是最後一次去。她記得爸爸帶她游到很遠的海上,被媽媽痛罵一頓;記得媽媽忘了把攝影機的電源切掉,結果只拍到大家的腳;記得和澄香一起在電風扇前扮外星人。小茜全都記得。小茜把大人份量的咖哩全都吃光,又跟爸爸分了好幾口拉麵。在她的認知裡,沒有比那裡更棒的地方了。

「還可以借游泳圈。也有烤魷魚和炒麵。」

我對小麥過敏,所以不能吃炒麵。就在Forest回答時,一柄紅色的傘從路的另一頭走了過來。

撐著紅傘的,是位穿著紅衣的老婆婆。她慢吞吞地通過小茜他們面前。就在小茜以為她沒注意到時,老婆婆又慢吞吞地回來了。

「唉呀呀,好可愛的地藏菩薩啊。」老婆婆用輪胎漏氣似的聲音說道,對著小茜她們一笑。「沒帶傘嗎?」

她咧開的嘴中沒有牙齒。小茜心想不知道地藏菩薩背後躲不躲得下。老婆婆不曉得幾歲了，就算說有一百二十歲，小茜大概也不會驚訝。她的腰已經全彎了，瘦得像骷髏。每當她用短短的步伐往這邊靠近一步，小茜就彷彿聽見骨頭與骨頭摩擦的聲音，害怕得不得了。

老婆婆的手肘上掛著與手上撐的另一把不同的傘。她把傘遞了出來。「拿去用吧。」

不用啦，沒關係。小茜想像個小學三年級生一樣好好拒絕，但舌頭卻不聽使喚，只能安靜地搖頭，像幼稚園小朋友一樣。Forest 也沉默地左右搖頭。

「沒關係，我要去醫院接我兒子，但也不曉得今天能不能出院。畢竟是很嚴重的病。」

那是一把兒童傘。黃黃的、非常破舊，傘骨都突出來了，但小茜她們還是說了謝謝。

「謝謝。」

「謝謝。」

「你們真活潑。我兒子也和你們年紀差不多。」

Forest 盯著慢吞吞逐漸走遠的老婆婆背影，咕噥道：

「她幾歲了呢？是變成老婆婆後才生小孩的嗎？」

Forest 還真是什麼都不懂耶。小茜用大人的口吻說道：

「就是那個啊。」

跟外婆一樣。外婆在變成骨頭前不久，也是像那樣分不清過去和現在。她會對去探病的媽媽撒嬌說「媽——」，還用媽媽的名字叫小茜。

「我猜老婆婆的小孩，其實已經……」

「其實已經？」

「已經是大人了。但她忘記了，因為那個。」

「哪個？」

「生病啊。叫什麼來著？失……失……失智什麼的。」

「失禁？」Forest 開心地說道，彷彿想出了一個很棒的笑話。這傢伙跟幼稚園小鬼真是沒兩樣耶。

「你是笨蛋嗎？」

「大概吧，常有人這麼說。」

Forest 第一次笑了。

「是彩虹。」

小茜指著雨停後的天空。Forest 順著小茜的手指，抬頭望向逐漸恢復 blue 的晴空。

「沒看到啊。」

他還真冷靜耶。小茜確實也沒看到，她只是想說說看而已。

「Forest，你知道嗎？從來沒有人見過彩虹的兩端唷。」

「探險家說的？」

「不是。」這是小茜爸爸說的。小茜心想爸爸一定很想見見彩虹的兩端，但失敗了。爸爸與媽媽離婚後，整天爛醉如泥，從公寓樓梯摔下來死了。

下坡後馬路變寬了，兩旁的建築物也增加了。這裡不行，大概要到景色更漂亮的地方才看得到彩虹。小茜指著正前方如綠色帶子般細細長長的森林。

「我們去那裡找彩虹吧。」

「不去海邊了嗎？」

「彩虹是架在海上的啊。」

下雨之前一直走在小茜與 Forest 跟前的影子，現在已經移到旁邊了。不知不覺中，影子變得好長好長。

靠近綠色的帶子後，小茜聽見了微微的聲響。

沙沙沙。

沙沙沙沙。

小茜嗅了嗅鼻子。她聽見了海浪聲，卻沒有聞到海的味道。小茜熟悉的海是汽油味。走進綠色帶子般的低矮樹林後，如海帶芽和小魚乾打成的綜合果汁的味道就變濃了。樹林的另一頭閃閃發亮。小茜朝著光亮跑去。

「是海！」

「是海！」

海邊人煙稀少。衝浪的 people 只有一點點，釣魚的 people 更少了，游泳的 people 則一個也沒有。

海面不是 blue，也不像小茜老家的海是灰色，而是亮晶晶的 orange。好耀眼。小茜將單手擋在眼睛上，凝視著波浪，然後把雙手圈成望遠鏡的形狀，眺望天空與海的交界線。

嗯，是海。

你好嗎？海。

小茜脫下鞋襪衝進海裡，Forest 也從後面跟上。

她不斷不斷地追著海浪跑，又一再一再地被浪沖回海邊，接著拿起傘和垃圾袋捉魚。就在一條都還沒捕到時，orange 從海面上消失了，徒留滿是魚腥味的混濁海水。

天色迅速暗了下來。天一暗，小茜腦中的燈就亮了。這盞燈叫作現實，將小茜薄霧似的夢與冒險毫不留情地照亮。一被現實的光掃過，小茜身上帶的每一樣東西，都成了派不上用場的破爛玩具。

離家出走是不可能的，小茜沒辦法一個人在外面過夜。就算有 Forest 陪也一樣。雖然回家一定會被媽媽機關槍似地唸個沒完，但還是只能回去。

海岸邊的路上，一輛機車囂張地連按喇叭通過。叭叭叭叭叭叭叭叭。聽到喇叭聲，Forest 像是想起什麼似地，背脊直挺挺地豎了起來，瞪大眼睛回頭望著來時的方向。

「我要回去了，不然爸爸會揍我。」

Forest 在發抖。他明明為了追魚流了滿身汗，卻在發抖。一看他這個模樣，小茜脫口說出了與心情南轅北轍的話。

「Forest，我們逃跑吧。」

「逃去哪？」

「逃到海邊小屋。」

「在哪裡？」

小茜看看右邊，再看看左邊，然後又左右環顧了一遍。她一直以為只要到了海邊就一定有小屋，卻哪裡都找不著。

「怎麼辦？」

Forest 哭了起來。

「不要哭。」

小茜也想哭，但只要別人先對她哭，奇怪的是眼淚就流不出來了。

「喂，你們。」

後面突然有人搭話。兩人回過頭，發現距離頭頂好高好高的地方，有一張大臉。大臉膚色黝黑，鬍子亂蓬蓬的，是個壯碩的成年男子。是 Big man。他一手拿著種花用的鏟子，另一手握著手電筒，看起來好似威脅小茜她們用的刀子與手槍。

「你們在這裡做什麼？」

小茜兩人當場跳了起來，急忙逃跑。

逃是逃了，但不知道要逃去哪。兩人躲在堤防背面，Forest 發著抖搖起頭來，忘了眨的眼睛就像昆蟲的複眼。

小茜套上了塑膠袋，從堤防露出半顆頭，透過兩個小孔偵查化為黑影的 Big man 的動靜。他拿著小鏟子正在沙灘上挖東西，時不時蹲下來，把某樣東西裝進掛在腰上的網子裡。看起來像在挖蛤蜊。小茜繼續偵查，突然手電筒的光射了過來。

有了！小茜抓起 Forest 的手衝向海邊，找到一艘擱在沙灘上翻覆的小船，然後鑽進裡面。Forest 抱著膝蓋，用昆蟲似的眼神繼續搖頭，嘴裡喃喃自語。不要不要不要，快回去，快回去，快回去，不要不要不要。

「噓。」小茜將手指抵在嘴唇上，但 Forest 還是沒有安靜下來。手電筒的光芒在海上與沙灘上來回照亮，愈來愈近。那是在找小茜她們。不要不要不要，快回去，快回去。小茜摀住了 Forest 的嘴。

縮著身子躲起來的兩人身旁，有光圈在搖晃。光圈從右往左飄走了。Forest 的眼睛瞪得老大，大概小茜的眼睛也一樣吧。

光再次照到右邊後，Big man 離開了。就在小茜喘了口氣的瞬間，Forest 的聲音從指縫漏了出來。咿咿咿！

「喂！」

在以底為天花板的小船裡，手電筒的光蛇一樣地爬了進來。接著，Big man 跟大蟒蛇同樣粗的手臂伸了進來。大蛇噙住了 Forest 的 T 恤衣領。

不要不要不要！搖頭的 Forest 突然尖叫起來，用之前從來沒有過的大音量。

「我不要回去！」

「不行，都這麼晚了，小孩該回家了。另一個也出來。」

因為聲音實在太可怕了，衣領沒被揪住的小茜也只能心不甘情不願地現身。

Big man 揪起 Forest 的手停住了，他盯著 T 恤被拉到胸口的 Forest 的背。

「不要送我們回家，我們是離家出走的。」

手電筒照亮了 Forest 的背。昏暗裡，憤怒的聲音響了起來。

「這是怎麼回事？誰幹的？」

在聽到回答前，Big man 便咕噥起來。父母嗎？

「我不要回去。我不要回去。我不要回去。」

Big man 將 Forest 放在沙灘上，向小茜問道：

「妳也不想回去嗎？」

小茜左右搖搖頭，接著又上下微微點了頭。她已經不知道該怎麼辦了。

「我知道了，那先來我家吧。」

Big man 指著綠色帶子的樹林。

那種地方會有房子嗎？小茜拉著Forest的手臂追在Big man身後，但腳步立刻就遲疑了。她想起老師說過的話：不要一個人跑去沒人的地方、不能跟陌生人走。媽媽也說過，如果有奇怪的男人搭訕，千萬不能回答。

沙灘的另一頭，男女people如膠似漆地走了過來。沒問題，這裡不是沒人的地方，而且小茜也不是一個人，有Forest在。小茜緊緊握住了Forest的手，Forest也緊緊握住她。就算Big man 問問題，只要不回答就好。

房子出現了。雖然小茜不太確定這能不能稱作房子。這裡的大小大概只有小茜和媽媽現在的房間那麼大，然後再加上屋頂。這個屋頂還是用野餐墊鋪成的，顏色是blue。

房子沒有門。Big man 掀開 blue 的簾子，回頭看向小茜她們。

「進去吧。」

裡面雖然很窄，卻塞了滿滿的東西。牆壁全都成了架子，架上堆滿各式各樣的器具、塑膠袋、收納盒、寶特瓶、書。電視有兩台，卡帶收音機有四台。天花板上除了燈，還吊了平底鍋和湯鍋。整棟房子瀰漫著擦過打翻牛奶的抹布的臭味。

Big man 把挖來的蛤蜊噗通噗通地倒進裝了水的盒子裡，將湯鍋擺在屋裡正中央的小瓦斯爐上點火。

「肚子餓了吧？」

小茜才不回答。她用下排牙齒咬住上唇，按住差點就要代替嘴巴回答「咕嚕嚕」的肚子。

Forest 似乎想說什麼，但 Big man 早先一步同意了自己說的話。

「餓了吧。我來煮點拉麵吧。」

「小麥過敏。」

Forest 說道。他這次沒有搖頭，而是忙碌地眨著眼睛，環顧 Big man 的屋子。看起來比一直緊緊抱著背包的小茜還冷靜。

「啊？」

「我對小麥過敏。」

Big man 用粗粗的手指摸了摸下巴上亂蓬蓬的鬍子，拿起架上的一個收納箱開始亂翻。他掏出蕎麥麵的袋子，盯了背面一會兒，又放回箱子裡，取出另一個袋子。

「米粉應該可以吃吧？妳呢？有過敏嗎？」

Big man 在問小茜。她想回答香菇過敏，但沒有說出口。

Big man 將裝在可樂瓶中但不是可樂的東西倒進鍋裡後，走到外面。過了一會兒，手上拿著蔥與皺巴巴的葉菜回來了。「這不是偷來的喔，我自己有種菜。」他用飛快的速度說道，將蔥和葉菜用剪刀剪一剪丟進鍋子裡，放入叫米粉的麵，還加了剛才挖回來的蛤蠣。

屋外有貓叫聲。Big man 一用舌頭發出嘖嘖聲，一隻黑白花貓便走了進來。牠沒戴項圈，應該是野貓，但長得胖嘟嘟的。Big man 像例行公事一樣，從架上熟練地取出裝貓糧的袋子，倒進裝熟食的塑膠盒裡。花貓狼吞虎嚥地吃了起來。鍋子發出咕嘟咕嘟的聲音。

Forest 壓低音量問小茜：

「這裡是海邊小屋嗎？」

不是。

Big man 將鍋裡的米粉舀入空的泡麵杯裡，遞給小茜與 Forest。

小茜用不輸花貓的氣勢掃個精光。她第一次吃到這種口味，真的好好吃。雖然她現在不論嘗什麼，就算是加了香菇的拉麵，大概也會覺得是人間美味吧。醬油的味道蓋過了屋裡的怪臭味，也讓小茜覺得很開心。

Big man 又問小茜：「你們是兄妹嗎？」

小茜用不知多少分之一秒的速度迅速搖頭。

「幾歲了？」

小茜咬住上唇。

「是小學生吧？大概七歲？」

小茜忍不住回答了。她將一百三十公分高的背脊用盡全力挺直。

「八歲。」

Big man 轉向 Forest。

「你呢？」

「十二。」

「個子好小，有認真吃飯嗎？」

Forest 像許久沒好好吃頓飯似的，連湯都喝得一乾二淨。Big man 瞇起雙眼，說很好吃吧，為 Forest 又盛了一碗。

「你要多喝牛奶，明天買給你。」

Big man 自己並沒有吃，倒是喝起酒來。是燒酒。味道與爸爸常喝的酒一樣，所以小茜一聞就知道了——一種既便宜又能買醉的酒。

小茜渾身僵硬，也不打算再盛一碗了。她擔心 Big man 待會兒會和爸爸一樣酒後變身，開始大聲吼叫、砸東西、一個人亂發脾氣。

但 Big man 沒有變身，只是臉稍微紅了起來。他盯著悠悠哉哉喝著倒入紙杯裡的飯後烏龍茶的 Forest 說道：

「真沒良心啊。我是沒有小孩啦，但真的難以置信。」Big man 喝下不知第幾杯燒酒後，皺起長滿亂蓬蓬鬍子的臉：「連貓都會好好照顧自己的孩子啊。」

妳呢？沒事嗎？Big man 似乎也想檢查小茜的背，但看小茜點頭如搗蒜，握拳的雙手緊緊揪住T恤的衣角，便打消了主意，再次轉頭面向 Forest。

「我因為過這樣的生活，認識幾個和市內社會福利有關的人。我打比較不方便，還是把聯絡方式告訴你好了。之後有什麼事，就打這支電話。十二歲應該會自己打電話了吧？知道了嗎？」

Forest 小心翼翼地摸著貓咪的背，看起來並沒有聽懂。小茜知道自己會打電話，也想打，於是邊聽邊點頭。Big man 看起來很不好意思地環顧了狹窄的屋內。

「住下來吧？」

在小茜兩人答覆前，毛巾便扔了過來。

半夜，小茜醒了。一開始她還沒搞清楚自己是在哪裡醒來。這裡沒有全黑，所以她不像往常一樣尖叫，也沒有聽見爸爸骨頭掉落時的聲音。

聞到味道後，小茜才想起這裡是哪裡。Big man 的整間屋子都很臭，毛巾更臭。

之所以沒有全黑，是由於為了通風而打開的簾子入口的另一頭，有著微弱的光亮。

說不定有星星。小茜掀開毛巾，把臉探到外頭。

看不見星星。

但是有月亮。環繞 Big man 屋子的樹木彼端，看得見海。月亮就在海上。

用英文講，月亮是 moon。今晚的月亮是圓滾滾的 moon。

小茜穿起鞋子，走到海岸邊。

月下的海面上，映照出一條細細的月光帶子，彷彿一條路。

小茜想像自己走在那條光之路上。這是一條不必脫鞋、可以在海上行走的路。光之路好溫暖，而且軟綿綿。

對了，明天再走新的路吧，去更遠的地方看看吧。小茜現在有了這樣的念頭。其實真要說起來，今天早上離開家門時，小茜也知道，自己一到傍晚大概就會害怕地跑回家。

但她沒有回去，而是在這裡。

這讓小茜覺得好興奮。

興奮到忘了自己是一個人待在夜半無人的海灘。她一點也不害怕。第一次獨自看的海，將小茜包覆起來、緊緊擁抱著她。小茜覺得彷彿有種新的東西灌進了體內——像月光一樣的某種東西。

海啊，謝謝妳。妳也要加油喔。

小茜打算悄悄溜回去。但當她一鑽過 Big man 家的簾子時，Forest 發出了聲音。對不起，對不起，對不起。是夢話。Forest 邊睡邊搖頭。小茜像半夜大叫時母親為她做的一樣，幫 Forest 重新蓋好毛巾，然後砰砰砰地拍著他的胸膛。

小茜下一次醒來，是因為聽到了吵鬧聲。當她把夏天蓋過厚的毛巾推到一旁，汗流浹背地跳起來時，簾子的入口出現了人臉。不是 Big man。那個人沒有鬍子，戴著眼鏡，頭上頂著靛藍色的帽子，身穿水藍色的制服。是警察。

「你們已經沒事了。」

屋子外面，Big man 正和另一名警察扭打成一團。

「我不是說你們誤會了嗎？我什麼都沒做！」

「喂，你這傢伙，最好安分一點。不然我告你妨礙公務！」

昨天魁梧得不得了的 Big man，一到早上就縮小了。他的身高比警察還矮。

在扭打成團的兩個大人的另一頭，看得見海。今天的海和夜月下的海簡直判若兩物。海面如鏡子般映照出天空的 blue，好藍好藍，一副完全不記得昨天發生的事的模樣。小茜的眼中泛出了昨天就一直憋著的淚水。

「妳沒受傷吧？」

警察想抱起小茜，但小茜將手臂架成叉叉擋住胸口，掙脫了警察的手。她對警察大叫：

「你們搞錯了！」

Forest 也跟著大叫：「你們搞錯了！放開他！」

他不是壞人！他收留我們住下來！不能讓 Forest 回家！小茜大叫著，但小學三年級，身高只有一百三十公分的小茜的哭聲，並沒有傳進激動的警察們耳中。

雙手被捆在背後的 Big man，從鬍鬚裡張開紅通通的嘴大聲喊道：

「看看那孩子的背吧，你們抓錯人了。」

「放開他！你們搞錯了！放開他！你們搞錯了！放開他！你們搞錯了！」

Forest 像壞掉的人偶似地不停搖頭。小茜衝向 Forest，握住他的手臂——代替告訴他不要怕。不要怕，Forest 不是笨蛋，不是 Forest 的錯，Forest 一定可以走出自己的路。

小茜緊緊握住 Forest 顫抖的手。為了暗地裡不讓 Big man 寫在他手掌心的社福聯絡電話被警察擦掉。

小茜也有請 Big man 把電話抄給她。這樣她回家後，就能立刻打電話。拜託你們救救森島，他家住在神社附近。這不是惡作劇，不是在騙人！小孩子不會騙人，只有偶爾才會，比大人還不會騙人！

小茜緊緊閉上眼睛，嘴巴張成四方形，用盡吃奶的力氣大喊：

「他不是壞人！我們什麼都沒做！」

小茜的心明明那麼著急、那麼悲傷、那麼憤怒，今天的天空卻依然一副什麼都不知道的模樣，還是那個跟以前一樣的 sky。而海也蠢得那麼 blue。

# 一 沒有時針的時鐘

戴著已經停止的手錶，我走在自家附近的商店街上。這是一支又厚又大的錶，帶點稜角的橢圓形裡，嵌著圓形的錶盤。錶帶是金屬網紋。對平常都戴小型皮革錶帶手錶的我而言，顯得特別笨重。

平常我都是在車站前的超商幫手錶換新電池及錶帶，但在ＤＩＹ用品賣場一隅的那間店裡，老闆卻對我說這已經無法修理了。

「您這款錶太舊了。這個故障的地方，怕是到哪裡都找不到能替換的零件。若您喜歡這種復古的風格，要不要看看這款？」

那怎麼行，這支手錶是兩個月前去世的父親的遺物啊。

母親與大哥大嫂住在雙世代住宅的一樓，如今行單影隻的她，像是有急事又像沒事一樣，頻繁地打電話來。於是四十九天結束後的隔週，我坐上電車，前往車程正好一小時的老家看她。這支錶就是當時母親給我的。「來，這你拿去吧？」

我和拿手機代替時鐘的兒子、女兒不同，外出時只要不戴錶，就會渾身不對勁。但就連我，都覺得父親的手錶是落伍、沒用的東西。畢竟針已經不動了。

「我不戴這種。」

我一度拒絕，但母親堅持送我。我家母親的話若是問句，大多時候都跟肯定句沒兩樣。

「我把它看作爸爸，給你留著當紀念品吧。相信這是支好手錶，你爸以前可是很時髦的。」

好手錶。說來丟人，這個詞彙令我心動了。錶盤上刻著的，是對名牌沒興趣的我都聽過的國外廠商的名號。或許它有古董的價值？我不禁心想。

從私鐵車站一路綿延的商店街上，盡是老舊的小型個人商店，但店鋪的數量與街道的長度，在這一帶卻是有名的。從頭到尾走一遍，生活必需品幾乎都能張羅到。

我要前往的店，就位在穿過拱廊後，商店街盡頭的近處。

『鈴寶堂』

不論是文字浮起、金漆斑駁的招牌，還是只有窗戶邊緣用磚頭圍了一圈的結構，即使位於店面格局老舊的商店街裡，這間店都顯得格外古老。我從以前就知道這裡有錶行，但上門還是頭一遭。

呆立門口好一會兒，我才發現這不是自動門，於是動手打開拉門。

壁紙的花紋如波斯地毯，陳列櫃的白色木框鑲嵌著玻璃，這在好幾十年前應該很時髦吧。拉門後的店內，時間彷彿停留在許久以前。從寬敞玻璃門射進來的夕陽，就像揭穿了老女人厚重的妝容。貼在牆壁一角的錶廠海報上，少女圓潤的臉蛋帶著酒窩，如今她已是年過三十的女演員了。

狹窄的店裡滿是時鐘，這是當然的。正面的牆上掛著擺鐘，鐘擺滴滴答答地搖晃，發出不整齊的聲響。

滴滴滴滴。

喀啦喀啦喀啦。

答答答。

指針指的是現在的時刻。每根指針皆有些微的差異，但都指向三點五十分前後。

右邊是一整面玻璃櫃，上方掛了掛鐘，下方的櫃子則擺著桌鐘。這些都按照賣場的規矩，指針一律停在十點九分。彷彿這群名叫時鐘的時鐘，都對我的來訪一同豎起了眉毛。

左邊兼櫃台的玻璃櫃裡，放著手錶，以及少到根本感覺不到做生意熱情的皮革錶帶。

照理說，每一樣都是新品，但一放進這間店裡，看起來就像上個時代的古董。

櫃台的另一頭有一名白髮蒼蒼的老人，在小小的桌前拱著背。

那是一張非常狹窄的小桌子。連普通辦公桌一半都不到的桌面上，還塞了小型工具箱。剩下的空間跟餐桌墊一樣大，鑷子、掏耳棒般的螺絲起子、刀尖細細的美工刀排列在桌上，手術器材似地發出混濁的光。連工具都很小，一切都那麼迷你。

「不好意思。」

白髮老人轉過頭來，工作用的單邊眼鏡瞪著我。他的單邊眼鏡是貼合在眼窩上的款式，所以只有一邊的臉皺了起來。那是一名看起來與八十九歲過世的父親年齡幾乎無異的老人。

「我想麻煩您修錶。」

錶匠站了起來，他坐著時看起來身材魁梧，站起來卻比想像中矮。這點也與父親相似。他們那個年代的人，骨骼都很硬朗，燒完的骨頭甚至連骨灰罈都裝不完。

我將手錶遞給他，他發出了聽不清是「哦」或「唔」的讚嘆聲。沒戴緊的單邊眼鏡從左眼滑落。他把左手攤開，小心翼翼地接過。

「哎呀，這錶很老囉。」

母親曾經說過：「這支錶應該是你讀高中時買的。」

代表已經是四十年前了。父親的某些特質，我是去世後才知道的。像是父親很時髦，身上穿戴的東西都是金的，這些全是初次耳聞。

母親說她把手錶交給了我，而同時期買的大衣則留給體型比我更像父親的大哥作紀念。

「這是在銀座的西裝店定製的大衣，值半個月的薪水唷。」

真的嗎？難以置信。

父親以前是上班族。曾經換過一次工作，但兩間都是不大不小、名不見經傳的公司。即便從兒子的角度來看，他也只是個平凡的上班族。那個年代的人其實有很多故事，但大多沈默寡言，覺得滔滔不絕地分享自己的事情很丟臉，所以父親究竟在公司做什麼，直到他退休我都不清楚。我只聽說他大學法學院畢業後立刻就職的公司，與換工作後的第二間公司，同樣是汽車零件廠商，最後在兩邊都擔任經理。

他的工作似乎很忙碌，天天晚歸，假日總是倒頭就睡。我幾乎沒有和他一起出遊的記憶。提到上班族時代的父親身影，腦海裡只會浮現他穿西裝或家居褲的模樣。

薪水應該也很普通。父親供了我和大哥上大學，照理說沒什麼好抱怨，但自從大哥進大學，我讀高中準備考試開始，國中時常放的肉就從便當裡消失了，變成竹輪或魚肉香腸等小菜，壽喜燒改放豬肉。母親也開始打工，螢幕模糊的電視沒有買新的，照樣看。即便是小孩，也知道我家的經濟狀況並不好。

當時買高級手錶？定做大衣？

在葬禮上哭著說「那麼好的人不在了」的母親，隨著日子過去漸漸冷靜下來，也現實起來了，開始發父親的牢騷，還講了許多我們不知道的故事。

像在控訴她以前過得有多辛苦。

「你爸是個愛面子的人，錢都拿去花在治裝上了。明明我都只穿特價品。」

長大成人後，我才懂得如何客觀看待自己的父母。他們不見得多特別，就是不好也不壞的普通人而已。尤其當自己追過了記憶中父母的年紀時，更會這麼想。

但，即使如此……

讓妻小老是吃竹輪和魚肉香腸便當，總令人不太服氣。至於每天晚歸，母親也說：「大概是不曉得去哪兒鬼混了吧，不可能全部都在工作啦。」

錶匠的讚嘆聲令我心情愉悅，我撐了撐鼻孔，說了句不提也罷的話：

「聽說這個錶不錯。」

回我的是一陣苦笑。錶匠那與瘦弱身軀不相襯的粗大手指，撫摸著錶盤上的廠商名稱，像醫生告知診察結果般地說道：

「當時確實算是高級品，畢竟是時尚錶，瑞士製的，實際上卻是在巴西的工廠生產。」

他似乎想表達看錶就能知道用它的是什麼樣的人。但就連身為兒子的我，在父親過世後，都還不夠瞭解他。錶匠對鐘錶的知識與熱情固然令人敬佩，但他似乎不太懂得待人接物，連我感到不高興都沒發覺。

「這是父親的遺物。」

對於我帶刺的回答，他絲毫不以為意，只說道：「喔，真遺憾。」

儘管如此，這四十年前的機械錶，似乎轉緊了他工匠魂的發條。他將父親的錶拿到工作桌上，用鋼筆尖換成了小鏟子般的工具撬開錶蓋。我隔著櫃台，偷瞄他工作。手錶裡的大小齒輪排成幾何圖形，像一座袖珍工廠。

錶匠戴著單邊眼鏡的側臉，皺紋加深了。

我詢問道：「能修理嗎？」

他沒看我的臉，像對手錶說話似地回答：

「唉呀，這螺絲已經成佛了。您稍等一下，我這裡可能還有同一款螺絲。」

多麼令人安心的一句話。錶匠的不苟言笑，瞬間成了鐘錶師傅的美德。

錶匠從掛滿鐘擺鐘的牆壁左側消失了，裡頭似乎是住家。沒有門的出入口垂吊著貝殼串珠門簾。那東西也很古老了，可能是他太太的興趣吧。那些串珠從形狀來看是櫻花貝，但已經完全褪色了，比起櫻花色，更像是灰色。

工作桌前的牆壁一樣掛滿了時鐘，有各種尺寸與款式，每個都歷史悠久。光看這些，就像身處古董店一樣。

這面牆的正中央還有一座柱鐘——一座紅褐色，邊緣刻了浮雕的大時鐘。下半部的鐘擺處鑲嵌了一塊玻璃，「鈴寶堂」的金色文字橫書在上頭。

柱鐘旁有一個作工精巧、帶有突出木雕鹿頭的掛鐘，頂在天花板處。

下面有好幾個桌鐘。

這些鐘都沒有標價，或許是彰顯店面歷史悠久的展示品，也可能是錶匠個人的收藏。每個時鐘應該都不是多貴重的東西，但都有好好保養，不論是木頭、金屬、玻璃還是塑膠，都閃耀著古董般的光澤，與正面積滿灰塵的鐘擺鐘截然不同。

櫻花貝的門簾晃動起來，錶匠回來了。他手上捧的東西從這裡看不清楚，但應該是很小的零件。錶匠的腳步非常緩慢，不曉得是害怕零件掉落，或者只是不良於行。

「換上這個應該就可以動了，但因為這支錶到處都有傷痕，還得檢查、調整一下。會花些時間，不要緊嗎？」

我點點頭，時間很多。今天是平日，而我正在待業。

工作桌上還擺了其它鐘錶，但錶匠把它們推到一旁，似乎要先修我的。父親的手錶變得赤裸裸的，錶帶也卸下了，被一個迷你老虎鉗般的工具固定住。錶匠完全不在乎讓我等，如慢動作播放的影片般緩緩動起手來。

他用小型螺絲起子轉開螺絲，嘆了一口氣，接著握住靠近鑷子頂端的地方，捏起替換用的、芝麻般的螺絲……

或許要花的時間遠不只「一些」。我盤算著是否要去哪裡打發時間，但完全想不到去處。這裡也沒有給客人坐的椅子，我只能傻愣在這兒，繼續看錶匠工作。

「嗯，沒問題，就是這個螺絲。」

他的眼睛依然盯著手錶，但我想那句話應該是對我說的。看來父親的手錶有救了。

「再來就是稍微拆解清理一下。」

錶匠拿起了新的工具。

他想必做了這工作幾十年。慢歸慢，卻沒有一絲多餘的手勢。身體彷彿記住了排得井然有序的工具位置，伸手一摸就能更換。錶匠操弄著與五百円硬幣差不多大的圓盤裡細微的齒輪與螺絲，看似笨拙的粗大手指不停地細膩動作。

每一個動作都是精細得嚇人的手工作業，就錶匠的年齡而言實在了不起，不是我學得來的。我的工作——以前的工作，是廣告代理商的業務員。

我想和錶匠說話，但他正忙著細膩的作業，害我不曉得是否該打擾他。他連與我說話時，音量都小心翼翼地壓低，悶哼似的，以免氣息把零件給吹走了。他手上握著小型銼刀，正在磨最小的齒輪。

突然，右邊傳來聲響。

——咕咕。

「啊？」

我不自覺地叫了一聲。鴿子從正面牆上的其中一個鐘擺鐘飛了出來。

咕咕、咕咕、咕咕。

下午四點。錶匠輕聲笑道。

「那是咕咕鐘，你沒見過嗎？現在偶爾還會有客人想買。」

「不，以前我家也有。」

記得是我讀小學的時候。

我實在無法喜歡咕咕鐘。我只覺得它是個尖聲吵鬧、打攪人的玩意兒。人工的黑色眼珠令人不舒服，突如其來的咕咕聲像要刺破心臟。白天倒還好，晚上我實在不想聽到它的叫聲。小孩也會有失眠的時候。半夜聽見那聲音，一旦數起它叫了幾聲，就更睡不著了。在熬夜寫作業或準備考試時聽到，則成了殘酷的倒數。

如果房子夠大還沒問題，但當時我們住的是父親任職的公司宿舍，除了客廳，就只有兩個房間。那個我與大哥共用的、六張榻榻米大的房間，就緊鄰擺放咕咕鐘的客廳。每過一小時，薄薄的牆壁彼端就會傳來鳴叫。或許爸媽買咕咕鐘，是因為錯把臨時住處的狹窄客廳，當作了豪華廳堂吧。

但也許爸媽也受不了咕咕鐘了。四十三歲時終於買下自己房子的父親，在搬家整理行李時，說了一件事。那對當時的我而言是天大的喜事，所以我到現在還記得。

「咕咕鐘就留給宿舍裡的其他人吧。」

錶匠的目光，遊走在右側緊鄰的壁掛鐘上。他說道：

「這是德國製的，飛出來的不是鴿子，而是布穀鳥。其實咕咕鐘在發源地德國，原本就是布穀鐘。但在日本，布穀鳥不是又叫杜鵑鳥嗎？大家覺得那不吉利，就改成了鴿子。」

生了顆鹿頭的壁掛鐘除了鐘擺，還掛了和我家以前的咕咕鐘一樣的松果造型重物。

「這是五十五年前的東西了，和老婆結婚時買的。」

鳥該不會也將從裡頭飛出來吧？我心想，但仔細一瞧，這座鐘的鐘擺並沒有動。錶匠講話之所以含糊不清，似乎只是因為年事已高。知道可以和他聊天後，我問道：

「這間店已經在這裡開很久了吧？」

「嗯，是啊。」

「難道從戰前就？」

我會這麼問，是因為寫在柱鐘上的鈴寶堂字體，是由右向左的。錶匠像要把我的話拍落似地，揮了揮空著的單手。

「沒那回事。」

「也是啦。」看來再早也沒那麼誇張。

「我家從父親那一代起就開鐘錶行，但都被空襲燒光了。我是搬到這裡以後才開店的。那是昭和三十四年。」

聽錶匠一說，我才發現紅褐色柱鐘上四處分布的黑斑，其實是燒焦的痕跡。不論如何，這間店歷史悠久是肯定的。

昭和三十四年，那時我剛出生沒多久。這裡應該改裝過一兩次，但建築物本身的變動似乎不大，就跟我在拍下我小時候模樣的黑白照片相簿中，看過的屋子一樣。

攝影是父親唯一的興趣。當時的小孩很少有機會拍照，但我與哥哥卻時常出現在照片上。父親用的相機品牌是奧林帕斯，我雖然曾經認為，這在當時是每個家庭都有的平凡機種，但莫非那台相機其實很昂貴？

錶匠回到了精細的作業上，我閒著也是閒著，心想聽些鐘錶的知識也好，於是繼續閒聊。

「那是迪士尼的時鐘對吧？」

鹿頭鐘的正下方，有個盒狀桌鐘。錶盤裡，白雪公主與兩個小矮人正在跳舞。

那是一座亮紅色的時鐘，長方形的錶盤由玻璃覆蓋，黃色鑲邊上綴著紅色的星星，彷彿附了兩根針的珠寶盒。

暑假時我會去千葉的親戚家玩，當時堂姐的房間裡就有擺，所以我印象很深刻。那是我與堂姐都還是小學生時就有的時鐘。在大家一起游泳的千葉海邊，我記得父親穿了像拳擊褲一樣附腰帶的海灘褲，看來當時他還會陪我們出遊。

「好懷念啊。」堂姊久美其實是我的初戀。

錶匠從工作裡抬頭，呢喃道：

「那是我女兒出生時的紀念品。」

他面向時鐘的側臉化成了慈祥和藹的老爺爺。

「四點四十七分，是凌晨四點唷。」

「啊？」

「因為難產，所以一直拖到清晨。」

原來如此。

「所以是把女兒出生的時刻紀錄在鐘裡嗎？」

錶匠輕輕點頭。

我是幾點幾分出生的呢？這我從來沒問過父母，總覺得很難為情。小孩根本不願想像自己是由父母生出來的。現在父親已經不在了，害臊也少了一半。改天問問看好了。

順帶一提，我記得第一次去電影院看的電影，就是迪士尼的動畫片《101忠狗》。印象中當時父親沒有出席，只有母親、大哥與我三個人。

記憶裡，我只和父親去過一次電影院。那時我讀國小四年級還五年級，看的是《007》系列，故事背景在日本。我猜父親之所以去，是因為他自己也想看。

或許父親過去真的很時髦。明明只是去隔壁鎮的電影院，還特地換上全套西裝。電影的故事情節我早就忘得一乾二淨了，唯獨記得他穿西裝一事。因為看完電影後的樂趣——去百貨公司餐廳吃飯時的記憶太鮮明了。

父親點了紅酒燉牛肉。他裝得一副熟門熟路的樣子，但應該是第一次吃，因為他連燉鍋很燙都不曉得，用手端起結果翻倒了，潑得淺灰色的襯衫到處都是。我跟大哥起鬨「是大便醬」，母親回程時還跟我發牢騷：「不知道就不要點嘛。」

父親確實很愛面子。

我之所以記得，有另一個原因——這天不曉得為什麼，還拍了照片。一張母親、大哥與我看完電影後，站在街角面無表情的照片。父親去世後隔天，我們翻閱相簿尋找遺照用的照片時，大哥懷念地說道：

「啊，這是爸把燉牛肉打翻那天拍的吧。現在想起來還會笑，那時他可手忙腳亂了。這是在看完００７《雷霆谷》後拍的。」

一年中，父親會有幾次如休火山爆發般火冒三丈，我們其中一人，或者兩人便會慘遭波及。原因通常莫名其妙。大哥說，這時他就會在腦海中回憶那天父親狼狽的模樣來忍耐過去。

「年輕時的照片也可以，現在很多家庭都這麼做。」葬儀社的工作人員對我們說道。若那天的父親有照片，我們兄弟倆應該會毫不猶豫地選擇它當遺照吧。

迪士尼鐘旁的桌鐘也很令人懷念。

粉紅色長方形，框裡沒有錶盤，只有三個印有數字的薄板並排。

是啪啦啪啦鐘。

最右邊的板子每一分鐘會翻一頁，中間的每十分鐘翻一頁，左邊的每一小時翻一頁，好顯示時間。這是一種把以前車站和機場的時刻標示板做成桌鐘的商品。用比較奇妙的說法，就是電子鐘的類比版。這種商品推出時，大家都覺得它是與指針鐘味道不同的新時代產品，但不一會兒就被真正的電子鐘輕易取代了。因為塑膠板會啪啦啪啦地翻頁，所以我叫它「啪啦啪啦鐘」。

高中時，我也在自己房間擺過。是父親留給我的。

有了自己屋子的代價，是父親的通勤時間變成了單趟兩小時。父親大多比母親早起床，因此兩人分別使用不同的鬧鐘。印象中，換公司後就用不到這個鐘了，結果就成了老挨母親罵「不管叫你幾次都不起床」的我使用了。原來父親把鐘留給我，已經是第二次。

「那也好懷念啊，是啪啦啪啦鐘吧？」

「哦，是翻頁鐘。那是我太太以前用的。我們家明明就有滿坑滿谷的時鐘，但她一直以來偏偏只用那一個。是啊，整理一下還是可以動的。」

對他來說，時鐘的收藏就像家人的相簿一樣吧。這是錶匠這個職業才能打造的奢侈相簿。

我突然意識到──

之所以缺乏和父親出遊的記憶，是因為我家相簿裡與父親合影的照片非常少。少是應該的，因為父親總是負責掌鏡。

「那這是孫子生日的紀念品嗎？」

我指著如古董陳列區般的各式品項中，較新、印有卡通美少女戰士的鬧鐘說道。我女兒小時候也很想買，她明年春天就要結婚了。

我以為我猜對了，但錶匠並沒有答覆。他用手壓式吹球清理著手錶中肉眼看不見的灰塵。

「抱歉，您明明在工作，我卻問個沒完。」

錶匠終於停下了手邊的工作。

「不，那也是女兒的。」

若是結婚後幾年內生的，女兒應該也超過五十歲了。但也沒規定大人不能用兒童時鐘就是了。

錶匠壓了吹球的空氣袋，在手錶上吹出一陣細微的風。像歎息一樣。

「女兒不論幾歲，永遠都是孩子。她出生時拖太久，腦部缺氧。唉，結果就……有些智能障礙。」

為了一掃變得沈重的氣氛，我假裝遲鈍地問道：

「是什麼紀念日呢？」

鐘上的針停在八點三十七分。成年禮？不，不是成年禮。鐘上印的美少女戰士，是我女兒剛上國小還是沒上國小時的卡通，所以這應該是二十年前左右的東西。

錶匠透過單邊眼鏡低頭看著父親的手錶，話語如眼淚般撲簌簌落下。

「是過世的時間。」

咕咕。

鴿子從胸口飛了出來。

「受損的不只腦部。她剛出生，醫生就說她活不久。」

他在工作桌前拱著背開口，彷彿不是對我，而是在向手錶中細小的齒輪說話。

「既然記住了出生的時間，那過世的時間也要記下來才是。」

鐘擺滴滴答答的聲響，突然回到我耳中。

滴滴滴滴。

喀啦喀啦喀啦。

答答答。

錶匠從小小的工作桌前站起，拿起迪士尼鐘。他對著想不出該回答什麼的我，用分享鐘錶知識般的口吻繼續說道：

「看，像這樣把時鐘的針往回轉，就會回到她出生前的時刻。」

錶匠開始轉動迪士尼鐘背面的旋鈕。凌晨四點逆時鐘變成了凌晨三點、凌晨兩點、半夜十二點，最後指針停在九點。

「得知會難產時，醫生對我說『為了以防萬一，還是剖腹吧』。」

他盯著迪士尼鐘裡白雪公主永恆的笑容，繼續說道：

「不要劃傷她的肚皮！我對醫生這麼說。當時我為什麼會講出這種話呢？事後回想，剖腹明明沒什麼大不了。老婆小我八歲，在我眼中是個漂亮的女人。那大概是種收藏高級手錶的心情吧，畢竟好錶只要有一絲傷痕，就可惜了。」

我只是沉默地聽著。錶匠似乎也不期待我的回應，他傾吐的對象，或許不是我。

我以為太太在屋裡。我望向啪啦啪啦鐘，像與她打招呼一樣。錶上顯示的時刻是六點多一些。

錶匠回到了工作桌前，拿起牙刷般的小刷子清理手錶背面，他似乎突然想起我還在，咕噥道：

「我老婆還活著。應該吧。翻頁鐘上是她離開這裡的時間。」

六點十七分，是早上還是晚上呢？

他或許是傍晚從外頭回家，才發現太太消失了。或者一大清早起床，就不見太太的身影了。又或許那是早已離開的太太，打電話向錶匠告別的時刻。

不論哪一種，我想都是在女兒過世後沒多久。

啪啦啪啦鐘照理說是不能往回轉的。要倒回前一分鐘，就得翻動二十三小時五十九分的頁面。即便如此，他也要把這個鐘的時間往回調嗎？

幻想著六點十七分前，若做了什麼不一樣的事，或說了其他話，太太就不離家出走了？

「好，總算完成了。」

錶匠拿著父親的手錶，轉向我。

「不好意思，害您得先修我的錶。」

我進店裡時，他正在修的是懷錶。

「沒事，反正這個懷錶不是客人的。」

懷錶的指針與柱鐘一樣，停在十二點三十分過一些。

「不偶爾拿出來整理一下，就真的動不了了。停下來與動不了可是兩回事。」

我想盡快離開，但錶匠把父親的手錶當作人質，還不打算結束話題。

「這是我父親的錶，他因為空襲過世了，和我大姐一起。店面與屋子全都被凝固汽油彈給燒光了。」

滴滴滴滴。

喀啦喀啦喀啦。

答答答。

「我父親也是錶匠。啊，這我剛才提過了。我因為學生動員去了軍需工廠才逃過一劫。回到家時，已經付之一炬。到處都是燒過的痕跡，每個鐘各走各的。有停在空襲時刻的鐘，有運氣好還能繼續動的鐘，有途中耗盡力氣的鐘，有只剩分針滴溜溜地飛快旋轉的鐘。那時我發現，鐘的標準時刻不只一個，世上還有太多不同的時間。很奇怪吧？」

我只回得出模稜兩可的答覆。

「呃……不，嗯。」

修理費一共一萬八千円。我不曉得修理鐘錶的行情，但未免太貴了。對待業中的我而言，是一筆大開銷。這支錶也不是非用不可。要是錶匠一開始就向我報價就好了。錢包裡的錢剛好足夠支付。自恃這是父親遺物的我，可不能不付。一方面是我也不想被人瞧不起。明明這位老人根本不可能知道我失業。

掏出錢時，我回想起一件事。

父親買這支手錶，與我的便當變成竹輪和魚肉香腸，正好都是在他換工作的時候。是打著如意算盤，以為在新公司就能領到高額薪水呢？還是不想在新職場被看扁呢？或者他以為會擔任經理以外的職務？

讀法學院、一心想成為律師的父親，就學時去打仗了。戰爭結束後，一回到大學，所有的法律都變了。在平凡公司繼續擔任經理課長，不可能滿足父親的心；身為兒子，也身為男人，我非常清楚這一點。

但我已經沒有機會問他了。即便他還活著，不愛談論自己的父親，肯定也不會告訴我。

「應該每個人都曾想過讓時鐘的針回轉吧？」

錶匠用我不回答就不讓我回去的口氣說道。這次是以找下來的零錢當作人質。

他是想對誰說呢？還是只要有人等著修鐘錶，一有機會他就會講給別人聽？他一定想說得不得了吧，關於自己的懊悔，以及另一種人生的可能性。

「你應該也想過吧？」

錶匠露出邀請我進入他的迷你世界的笑容。

要說有的話，其實正好是現在。

兩個月前，我之所以辭掉工作，是因為三年後就要退休的我，接到了公司的臨時異動。我待的那間公司通常不會在夏天調動職位，進公司以來一直在業務領域的我，卻被指派到庶務課。

我心裡自然有數。我與新上任、年紀比我輕的局長老是不對盤。年僅四十幾歲的他，看不起往來已久的老顧客，總是討好那些我覺得風險太大的中小型新興企業。渴望受高層重用的局長，大概就把礙事的我從眼前除去了吧。

我曾想過忍耐，反正只剩三年。在女兒的結婚典禮上搞不好會變成無業遊民，也成了我猶豫不決的主因。

但當正式異動發下來的隔天，我就像夢寐以求的一樣，把辭呈拍到了局長辦公桌上。太太說我「愛逞強」。與其說愛逞強，或許我只是遺傳了父親的愛面子。

當時那樣做到底好不好，如今深知這個年齡想換份正經工作有多麼絕望的我，內心動搖了。說來丟人，最近我還會想像自己沒丟出辭呈，乖乖到庶務課工作的景象。

思考了一會兒後，我對錶匠回答：

「不，沒有。」

為了讓時鐘的指針繼續往前，就像父親送我的啪啦啪啦鐘一樣。

「哼。」

錶匠用鼻息噴飛我的話，回工作桌到一半時，又轉過身來。他不懷好意地挑起一邊的嘴角道：

「可以容我告知您一件事嗎？」

「請說。」

「您那支錶，是仿冒品。」

果然，父親就是父親。不論他是早知道還戴著，或者根本沒發現是假貨，我的父親，都不適合時髦的打扮與名牌。

「這樣啊。」

聽到我的回答莫名高興，錶匠面露詫異。接著他又回到小小的工作桌前，拿起懷錶，沉浸在自己的時光裡了。

# 成年禮

鈴音在笑，笑得如太陽一般。

她的頭上頂著天使的光環，紮了兩條辮子，戴著髮箍，髮箍裡延伸出一根鐵絲，頂端搖曳著用厚紙板做成的金色圓環。

鈴音在唱歌。那是後天幼稚園發表會上要合唱的曲子。她才四歲，口齒不清、音也不準，但沒關係，只是現在而已。再過一會兒，鈴音的歌就會唱得非常好。

鈴音在跳舞，如電池驅動的娃娃一般，一隻手上拿著雞毛撢子。正式上台時，鈴音手上揮的會是有星星裝飾的棒子，現在先用雞毛撢子代替。

她飛奔到沙發上，蹦蹦蹦地跳著，練習起她在劇中的唯一一句台詞：

「我是天使，讓我來實見你的願望吧！」

她不厭其煩地重複同一句台詞，因為太好笑了，我不忍心糾正她，直到不知說到第幾次時，我不小心噴笑出聲。啊哈哈哈。

「不是『實見』，而是『實現』吧？」

聽了我的話，鈴音的小嘴上下張了開來，雙手摀住嘴巴，眼珠滴溜溜的往上轉。她畢竟才四歲，腦袋瓜裡想些什麼，全都寫在臉上。她先是「啊！」地嚇了一跳，接著發現：「完蛋了！」轉念又想：「為什麼？」一瞬過後，她的臉就像肉包的皮一樣，眼睛、鼻子全都擠在臉正中央，露出靦腆的笑容。

「我講錯了。」

「沒關係，來練習吧。」

「練習『實現』。實現你的願望！實現你的願望！實現——」

鈴音這次改跳到桌子上。

「喂喂，不能跑到桌子上！」

三十三歲的我，是個溺愛女兒的父親。連我都知道自己的聲音一絲怒氣也沒有，於是鈴音愈來愈調皮，揮著雞毛撢子跳上跳下，結果腳一滑，頭摔到了地板上。

「沒事吧！」

我驚慌失措地喊道。我是個蠢爸爸，蠢到即便女兒跌倒，還是不願放開手上的攝影機。代替哇哇大哭的鈴音回答的，是我背後的美繪子。

「沒事吧！」

美繪子衝上來抱起鈴音。

「好像撞到頭了，以防萬一，還是跑一趟醫院——」

美繪子對我的話驚訝地說道：

「這麼點小事就要跑醫院，那她每個禮拜至少得報到三天了。」

我陪鈴音的時間很少，不曉得該回什麼。對我而言這是久違的休假。我在系統工程公司擔任業務員，經常加班，假日當然也得出勤，每天只能看見鈴音的睡臉。

「哪裡痛痛？這裡嗎？來，寶貝秀秀，痛痛飛走囉——」

美繪子抱著鈴音，唸出魔法的咒語。唸著唸著，鈴音的聲音終於破涕而笑，模仿起媽媽說話。

「飛走囉——」

「飛走囉——」

笑了、哭了、又笑。孩子真的好忙碌。

鈴音窩在美繪子的臂膀裡問道：

「把拔，你要來看我的發表會唷。」

「嗯。」

「一定要來唷。」

「一定去。」

結果我沒去成。因為系統突然出問題，我被客戶抓走了。明明身為業務員，我的工作就只是陪犯錯的系統工程師一起去道歉而已。就算我不去，應該也不會有任何人在意。真要說在意的，恐怕只有擔心考績的我吧。

原本我打算不論如何，都要去隔年鈴音升大班後的最後一場發表會，但前一天鈴音卻得了流行性腮腺炎，換她本人無法上台。

在只點了小夜燈的客廳裡，我對著將黑夜挖出一塊長方型的電視螢幕中、只有四歲的鈴音說道：

「爸爸沒去，對不起。」

客廳的燈亮起。美繪子的聲音，從盯著用攝影機拍的影片的我身後傳來。

「你又起來了。」

我急忙摸索一旁的遙控器。我已經把音量切得極小，但當聲音完全消失，房間仍舊被空蕩蕩的寂靜包圍。

美繪子將披在睡衣上的針織外套領口收攏，說道：

「喏，你答應過——」

「我知道。」

美繪子沒說完的話是：「你已經決定不再看錄影帶了，不是嗎？」

「對不起，不知不覺就……」

我知道。對我們夫妻而言，那是不願再看的影片。明明不想看，卻又忍不住不看。

鈴音已經不在了。

我們的獨生女，在五年前去世了。那年她十五歲，正逢進高中前的三月。

XX

那天發生的事，我可以像錄影一樣鮮明地回憶起來。因為在我腦海中，已經不曉得重播過多少遍了。

那是三月的第一個星期三，一個眼看就要下雪、颳著寒風的早晨。

我公司上班的時間不一定，但偏晚，所以走路到學校只要十五分鐘的鈴音總是先出門。那天，鈴音在洗手間磨磨蹭蹭了好久，一直嘟囔頭髮梳不整齊。她留著不論怎麼整理都像座敷娃娃的妹妹頭。我心想，不管怎麼弄，看上去都沒什麼差別。

她發牢騷的對象當然不是我，而是美繪子。我和鈴音從兩天前就沒講話，因為我抱怨從她房裡傳來的音樂音量太大。但即使沒吵架，鈴音——我想大部分的十五歲少女都是如此——不知從何時開始，就只會和身為爸爸的我說最低限度的話。

已經先準備好的我盯著時鐘，用詢問美繪子般的語氣，把音量放大到在洗手間的鈴音也聽得見：

「還好嗎？要遲到囉。」

我想差不多也該和她合好了。早就張羅好的我慢吞吞地喝著飯後茶，就是為了與鈴音一塊出門。

從我家到要乘車的公車站牌，只需走兩、三分鐘，我希望這之間至少和她說上一兩句話。

就在我放棄並走到玄關，拿起鞋拔時，鈴音終於現身了。她沒披外套也沒穿褲襪，看起來非常冷，不過脖子上戴了一條花呢格紋圍巾，這是我去年送她的聖誕節禮物。

做父親的送花樣年華的女兒時尚禮品究竟有多麼冒險，在這兩、三年我已經學到教訓了，但她又過了喜歡收到娃娃或玩具的年紀。於是我聽信美繪子的話「鈴音說過想要格子圍巾」，再加上鈴音喜歡的「綠色」，跑了好幾家店，乖乖遵照年輕店員的建議，精挑細選出這條圍巾。拆開包裝時，鈴音的反應只有一句話——「好土。」所以我想她應該從來沒有戴過才是。

鈴音沒看我的臉，對我說了這兩天以來的第一句話。

「我出門了。」

圍巾似乎是合好的象徵。我忍住笑意，用掩飾害羞的生硬語氣喊道：

「嗯，動作快，剩十二分鐘了。」

這是我與鈴音說的最後一句話。在我將鞋子穿好前，她打開門，獨自飛奔進寒風裡。像字面一樣，飛了出去。

「剩十二分鐘」是指距離國中第一堂課的時間。

為什麼我要說那句話呢？

那天以後，這個疑問總在我腦中盤旋不去。

那是車禍。鈴音在穿越沒有紅綠燈的馬路時，被卡車輾過。

我沒有一日不後悔，後悔為什麼那時我要催促她，為什麼我沒叮嚀她「跑太快會很危險」、「要小心車輛」，為何我沒有不顧害臊，叫住她說「陪爸爸走一段路吧」。

至今我都還會幻想，幻想我與鈴音一同出門，一起走去公車站牌的情景。

想像中的鈴音踏著跺腳似的步伐。

「再不快點就要遲到了啦。」

想像中的我，比現實中的我和藹幽默。

「沒關係啦，老爸我以前也常常遲到啊。」

然後爆出自己國中時代，翻越比正門近的圍牆，衝進校園裡的前科。

我換著台詞、換著場景，做著一場又一場夢，每個夢的結局，都是鈴音平安無事，還活在世界上。

明明過馬路時只要晚幾秒，或者早幾秒，鈴音就能逃過一劫……

現實中的我，從站牌搭上公車時，聽見了救護車的鳴笛聲。一名老婦人乘客，自言自語地嘀咕道：「一早就吵吵鬧鬧的，不曉得發生了什麼事。」我也在心裡想著，一早就那麼吵啊。

當時的鳴笛聲，成了無法消去的瘡痂，黏在我耳中。

美繪子打手機通知我時，我正在電車車廂裡，聽不清她的聲音。我以為是自己忘了帶東西，回覆的第一句話還老神在在。

「我在搭電車，下車再打給妳。」

但美繪子的聲音並沒有停下，那時我才終於發覺，聽筒另一頭傳來的是哭聲。

唯有從下一個車站下車，到趕往醫院途中的記憶，不知為何一片模糊。連下了哪一站都沒有印象。我只記得好不容易招到的計程車是黃色的，以及告知醫院名稱時，司機問我：「是太太要生了嗎？」在車裡，我打不通美繪子的電話。那間位在我住的城鎮裡、但我只耳聞過的醫院，像石碑一樣四四方方，帶著陰沉的色澤。

躺在加護病房床上的鈴音意識不清，戴了人工呼吸器而毫無血色的臉，痛苦地扭曲。

病床旁，美繪子拚命喚著鈴音。

鈴音的口中溢出聲音。那低沉持續又不成聲的聲音，聽在我耳中，比起呻吟，更像在唱歌。

鈴音喜歡音樂。或許她是因為痛苦，所以哼旋律鼓勵自己，又或許她是在一片混沌的腦中浮現的夢裡唱歌。事到如今，這些都無從得知了，但我寧願相信那是一首快樂的曲子。

美繪子邊對鈴音說話，邊撫摸她的手臂。「寶貝秀秀，痛痛飛走囉。」

現在回想起來，護理師之所以沒有阻止我們觸摸病患，大概是因為憑經驗，知道女兒已經回天乏術了吧。

醫生說：「機率一半一半。」聽到這句話，我與美繪子才終於領悟，原本不該比我們早過世的女兒，正瀕臨死亡的事實。當然，我們深信好的那「一半」。

然而硬幣擲出來卻是反面。

打一一九叫救護車的，是卡車司機本人。當我們夫妻倆聽說司機也搭上了救護車陪同前往醫院時，還以為那是意外，怪不了人。但在之後，卻得知司機其實是酒醉駕車，似乎只是為了爭取酒精代謝的時間，才陪同去醫院。因檢測的酒精濃度低而沒被判危險駕駛致死罪的他，如今早就出獄了。我不知想過多少次，要查出他現在的住處，開車把他輾死。

不，現在我仍這麼想。

XX

星期日一早，我走下樓，發現餐桌上鋪了三張餐墊。

現在的我，假日一定休息。鈴音去世那年，我留職停薪了一陣子，之後自請調換部門。我再也沒有力氣當業務了。

如果一開始這麼做就好了，這樣就會有更多更多的時間陪伴鈴音。不只幼稚園的時候，鈴音上了小學、上了國中，我都還是日復一日地過著加班與假日出勤的日子。

餐墊上，擺著三人份的餐具與餐點。

我沒看美繪子的臉，說道：

「妳不是已經不這麼做了嗎？」

「可是馬鈴薯還有剩啊，不用不行。」

馬鈴薯烘蛋是鈴音愛吃的菜。她參加社團打網球時，飯量比我大得多，只要這道菜一上餐桌，不論麵包還是白飯都會吃到令人目瞪口呆。

「蛋也快超過保存期限了。」

鈴音走後，有一段時間，美繪子依然持續做三人份的菜。不是祭祀牌位或佛壇的供品，而是真的精準地做足三人份。不論過了四十九日、還是過了兩個月，她都以「我一直都是做三人份，所以不曉得怎麼抓份量」、「這道菜鈴音愛吃嘛」當作藉口。過三個月時，我告訴她：「別再這樣了。」那段時間早餐由我做，晚上就在外面吃，直到美繪子心的傷口痊癒。

從那以後，就只有生日、聖誕節和過年，會三個人一起吃飯。

美繪子難得做了三人份餐點的原因，我是知道的。跟馬鈴薯和蛋一點關係也沒有，而是昨天寄來的型錄惹的禍。

昨天下午，美繪子去拿晚報，將一同塞進信箱裡的郵件分類。接著她突然叫了一聲。

「啊。」

「怎麼了？」

美繪子手上拿的是一個四方形的大信封。她手指顫抖地打開它，一拿出內容物，立刻就想把它撕碎。那是一份帶有粉紅色封面的型錄。一發現撕不破，她就把頁面一張張扯下來，揉成球朝垃圾桶的方向扔，還發出像生氣的貓一樣不成話語的聲音。一開始我以為她哪根筋不對勁。

「喂，妳到底怎麼了？」

我的眼神掃過被她粗魯掀開的信封，收件者是鈴音。

美繪子巴不得立刻讓它變成紙屑的，是和服型錄。她想揉成一團、卻因為過硬而只像抹布般皺起的封面上，斗大的「成年禮」、「振袖特輯」字眼躍然紙上。

這是和服業者依據不曉得從哪裡、也不知道怎麼調查到的個人資料，所寄來的型錄。

美繪子衝上二樓，我撿起一頁沒扔進垃圾桶、揉成一團的頁面，塞進垃圾袋裡。甚至還攤開它，再次揉緊。

「不知道為什麼，今天特別想吃烘蛋。」

明明不愛吃雞蛋料理的美繪子這麼說道，開始了一如往常、只有我們兩人的靜悄悄早餐。

我想打破沉默，卻不知道該說什麼。

「天氣變冷了。」

「是嗎？現在才十月耶。」

「聽說札幌已經下初雪了，比往年早三天。」

我把報紙上看到的照樣唸出來。

「今年——不，明年，過年休假時，想去哪？」

鈴音還在時，我們一年會旅行一、兩次。我確定可以休假的日子只有年尾年初，所以總會閉上眼睛砸大錢，在過年期間旅行。和溫泉比，我們更常去滑雪場，我與美繪子都喜歡滑雪——畢竟是在滑雪場認識的——我們也從小教鈴音滑雪。但自從只剩我們倆以後，就再也沒有出遊了。

美繪子沉默地搖搖頭。我並不認為我們夫妻倆感情不好，但彼此的對話卻很少。若說太多，好像一不小心就會掀開往日記憶的蓋子，那令我感到恐懼。

這五年來，美繪子看起來老了十歲。她有娃娃臉，「我和鈴音出門，結果人家竟然說我們是姊妹」，那抗議的模樣，都已經過去。染髮是為了遮掩以前沒有的白頭髮，但她也漸漸懶得染了，一低頭，髮旋周圍就會露出白色的髮絲。

但我也沒資格嫌人。因為說這些話的我，明明才四十九歲，卻時常覺得自己是個老人。不但對活著感到麻木，對於體能、力氣的衰退也缺乏危機意識。

假設會活到平均壽命，那麼我與美繪子，都還有長得令人厭倦的人生得過。

XX

我們明明沒有特別留意，但還是發覺最近電視上，穿振袖的女孩出現的廣告變多了。因為之前和服型錄的緣故。

不只賣華服的廣告，還有賀年卡廣告、印賀年卡的印表機廣告、相機廣告……明明才十一月啊。

演出的藝人大多是二十歲前後的小姑娘，若鈴音還在，年紀大概也差不多。

每次看見那些女孩，我和美繪子其中一人就會把電視關掉，這已經成了我們的習慣。

我們不會怒氣沖沖地切掉螢幕，也不會多說什麼。而是在節目演到一半時若無其事地關掉或離開座位，只因為不想撞見下次進廣告時又播出相同的片段。即便是美繪子每週都追的劇集，即便是我很在意後續局勢的運動轉播，我們都會裝作看膩了的模樣。

後來我們乾脆不看電視了，跟五年前一樣。

葬禮結束後有段時間，即使電視只是在播新聞或天氣預報，一旦穿插過親子三人看過的電視劇，或者鈴音愛看的綜藝節目，我們就會關掉。因為只有鈴音不知道後續，太不公平了。因為鈴音已經不會笑了。而我們夫妻倆，對於只有自己開心、大笑，感到罪惡。

花了好幾年，我們才一點一點會笑了，重拾興趣了，覺得菜餚好吃了，可以喝得醉醺醺的、稀鬆平常地看電視，我們好不容易才做到這些，如今又退回出發點。

人們常說，時間會撫平一切傷痛。或許真是如此吧。

但要痊癒，究竟還得花多少年？

XX

確定美繪子睡著後，我離開寢室。鬧鐘上的電子數字是０１：１４。

我小心翼翼地不發出聲響，打開寢室隔壁鈴音房間的門。

房間跟五年前一模一樣——包含擺在書桌上的筆筒、時鐘、迪士尼卡通人物置物盒，以及書架上的書。每一本雜誌的發行日都超過五年。擺在床上枕頭旁的娃娃，只有在定期清洗床單及毯子時會挪動，之後又放回原本的位置。

只有這個房間的時光是靜止的。牆上還牢牢貼著國中的課表。少了的，只有鈴音這個主人而已。

真要說和五年前比有什麼改變，大概只有書架上多放了兩個收納盒吧。透明蓋子的塑膠盒裡，塞滿了ＤＶＤ與藍光光碟，裡頭紀錄了鈴音從出生到十五歲為止拍攝的影片。包括鈴音出生那年，用錄影帶拍的影片，也都轉成光碟了。我們夫妻倆雖然約定好不會再看，但因為怕檔案毀損，還製作了備份。

我抽出其中一片，躡手躡腳地下樓。

將光碟推入播放器裡，打開電視，趁聲音還沒跑出來前降低音量。

我已經看過好幾次了，所以知道一開始的畫面會是一片雪白。

那是鈴音國中三年級新年放假時，一家人去滑雪的影片。也是我們三人最後的家庭旅行。那時我還沒有用手機拍影片的習慣，收進腰包裡的，是剛買的小型手提攝影機。

下個畫面是在等纜車的鈴音與美繪子。鈴音穿著自己挑選的胖嘟嘟深棕色雪衣，對我開的玩笑「妳會被獵人當成熊唷」嗤之以鼻。不知不覺，鈴音已經長得跟美繪子一樣高了。身為一個父親，接下來我自然把鏡頭焦點放在鈴音身上。

鈴音戴了手套的雙手擺在臉旁，意興闌珊地揮著。

「我出發囉。」

她的聲音聽起來像在賭氣，是因為她真的在鬧彆扭。那時的鈴音，對於我把攝影機帶去滑雪場，總是沒有好臉色。「爸，我已經不是小孩子了，不要一直拍啦。鼻水會被錄進去耶。」

不曉得從什麼時候開始，鈴音不再叫我把拔。

坐上纜車的鈴音，單腳穿著滑雪板。聽她說，那是前幾年和朋友去滑雪場玩時學會的。上國中後，鈴音只有在我教她滑雪時，才會用尊敬的眼神望著我。

場面切換到坐纜車登上的山頂。說是山頂，其實只是滑雪場的半山腰，是中階者雪道的頂端。但遙遙望向下方的鈴音，臉卻閃閃發亮。我架起攝影機，鈴音不曉得在模仿誰，把手擋在鏡頭前，說：

「請先跟我的經紀公司聯絡。」

看來她氣消一點了。我的聲音加了進去。

「來嘛，笑一個。一加一是？」

鈴音擺出真拿我沒辦法的表情，說道：

「三！」

接著一路往下滑。

我已經重看過太多次，所以對後面的場景倒背如流。畫面顯現出滑雪場的藍天。我想讓她看看老爸帥氣的模樣，所以架著攝影機，只用單手操控滑雪杖跟在鈴音後面，結果途中摔個四腳朝天。

遠處傳來鈴音的笑聲。

「真是的，大笨蛋！」

偏偏這就是鈴音留下的最後影片，鈴音最後的聲音。因為摔傷手指疼痛的我，拿不住攝影機了。

為了再聽一次她最後的聲音，我將影片倒帶，把音量稍微放大，因此沒發現有腳步聲正靠近我坐的沙發。

聽到啜泣聲，我知道是美繪子來了。

我像做了丟臉的事被逮到一樣，背僵得筆直，反射性地把手伸向遙控器。

「沒關係，你看吧。我也是想看才起床的。」

美繪子將所有的光碟都抱來了。腋下還挾著鈴音最喜歡的兔子布偶，哭哭啼啼地說道：

「三個人一起看。」

她一說完立刻哽咽，光碟從手上摔落，散了一地。

美繪子趴在地上，一邊擦拭眼角，一邊收拾光碟，用因流淚而顫抖的聲音呢喃道：

「一月怎麼還不趕快過去呢？」

我停下原本幫忙收拾的手，撫摸美繪子的背，像哄小孩一樣輕輕拍著。我自己也希望有人能這樣安慰我。移到桌子上的兔子布偶，用黑溜溜的珠子眼睛一直盯著我們。

「我們不能再這樣下去了。」

我的聲音也嗚咽起來。

美繪子趴著低下頭，繼續收拾光碟。她冰冷的背影像極了鈴音，肩膀都斜斜的，很瘦小。

我脫口而出腦中閃過的想法。

「那個，不如我們去參加成年禮吧？」

美繪子吸著鼻水。

「為什麼?才不要，我不想去看那種典禮。」

「不是啦。」我也不想看其他孩子盛裝打扮的模樣啊，總覺得那會讓我的情緒像一灘污泥積在肚子裡。「不是去觀禮，而是出席。」

「啊?」

「考試不是有所謂的槍手嗎?跟那個一樣。」話匣子一打開，就停不下來了。彷彿話語從某處一直灌進來。「槍手成年禮。妳代替鈴音穿振袖。」

美繪子跪了起來，將手覆在我的額頭上。

「認真的?」

「當然，我也一起參加。當鈴音妳的護花使者。」

「好蠢喔。」

「我記得成年禮是免費入場的吧?應該誰都可以進去。」

「那是昭和時代的事情吧，而且還是你家鄉的。」

美繪子對我的話太過訝異，都忘記哭了。這也不怪她，畢竟連我自己都嚇了一跳。我到底在說什麼啊。這不是之前就想好的，而是望著美繪子的背影時，像有人慫恿般，臨機一動想到的。

「我已經四十五歲了唷。」

「妳沒問題的啦。」

XX

六點過後我回到家，美繪子從洗手間探出頭來，她不知為何穿著輕便雨衣，中長的頭髮像花瓣一樣分成好幾束，雙手戴著薄薄的橡膠手套。仔細一瞧，那看起來像雨衣的，其實是挖了洞的垃圾袋。是腦筋燒壞了嗎？

「妳在做什麼？」

「染髮。我想染黑。」

「黑色也要特別染嗎？」

「當然啊。我去髮廊，他們問我為什麼染，結果好像要阻止我，我就決定自己來了。」

「為什麼染成黑色？」

「因為我在想鈴音現在若是二十歲，會是什麼髮型。」

我這才會意過來，美繪子已經身體力行我昨天的提議了。我還覺得那是個荒唐的點子，想對她說「抱歉，忘了吧」，把話收回呢。

我們從以前就是這樣，從結婚前開始一直是。我會突然冒出天馬行空的點子，而實行它的，不是在緊要關頭臨陣退縮的我，而是她。

挑選蜜月旅行地點時，趁著酒意說「我們去看極光吧」的，是我。而決定去芬蘭，找出當時還很少見的選擇性極光旅遊方案的，是美繪子。導致我實在說不出口「其實我很怕比滑雪場冷的地方」。

導遊告訴我們選擇性行程只有兩夜，不保證看得見，但我們還是遇見了極光中最罕見的、閃耀著彩虹光芒的極光弧。

而打算幫未來出生的女兒取名與極光同音的「歐露麗」的，是我。極力阻止我，說又不是要取藝名的，是美繪子。

「所以就選黑色？既然是年輕人，應該會染一些其他顏色吧？」

「現在的年輕女孩反而流行黑髮。」

「是喔。」

「長度這樣應該剛剛好。」美繪子將其中一束綁起的頭髮，用手指彈了一下。「她說過，進高中後就要把頭髮留長，留得跟媽媽一樣長。問題是會不會燙捲——」

「妳不必那麼認真啦。」

「那怎麼行。就算不可能看起來像二十歲，也要打扮得年輕點，至少穿振袖不能被笑。」

幹勁十足啊。說不定她真的想讓自己看起來像二十歲。

結果，美繪子自己染不好，隔天還是去了趟髮廊。她的髮絲變得烏黑，不曉得怎麼弄的，原本的捲髮變成了一頭直髮。

「可是髮廊的人一直勸我不要換這個髮型。」

不會啊，我覺得很適合。平常看慣的老婆彷彿成了另一個女人。

XX

成年禮的型錄又寄來了，這次是和服出租店。我們沒有把它扔掉，而是攤開放在餐桌上，一頁頁翻著。因為參加成年禮的美繪子——不，鈴音——要挑選想穿的和服。

美繪子似乎原本打算穿收在衣櫃深處、她自己以前的振袖，但最近卻這麼對我說：

「那件太老舊了，那年代剛進公司還得穿和服去上班呢。和服也是有流行性的，時下女孩穿的振袖，和以前完全不一樣。」

她似乎一個人反覆鑽研了許久。還說她把振袖收起來，是為了將來能讓鈴音穿，但若鈴音還在，現在肯定會拒絕。嗯，也是啦，穿媽媽的舊衣服怎麼可能滿足呢？我彷彿都能聽見鈴音「好土」的抱怨聲了。

「那如果是這本型錄裡的款式，哪一件比較好？」

「嗯……每件看起來都像挑剩的。」

據美繪子說，不管是這段期間寄來的或這本出租型錄，似乎都是急用的款式。現在的成年禮，不論父母或當事人，恐怕都會提早準備，因為漂亮的和服一下就被搶光了，聽說早在一年以前就會展開爭奪戰。女兒去世的我們，自然不曉得有這回事。

我的手指在令人眼花撩亂的花色上徘徊，接著指在紅底帶有菊花與牡丹花的和服上。

「這件呢？」

「不行不行，太花俏了。不只是鈴音要穿，我也要穿啊。不要事不關己就亂出餿主意。」

是嗎？其實比起鈴音，我是更以美繪子的角度來挑選的。我認為美繪子很適合穿紅色。二十二年前的結婚典禮上，她換的第二套禮服就是紅色。

「沒有事不關己啊。」型錄最後的跨頁上，如附帶品般收錄了男士禮服。我意氣用事地翻開那頁，二話不說把手指敲在最浮誇的那件上。

「我要穿這件去。」

「認真的？」

那是大紅色的外褂與銀底菱形花紋的套裝。

「當然，我不會讓妳一個人丟臉。」

「丟臉？果然會很丟臉嗎？」

我口頭上雖然信誓旦旦，可是一把那年輕纖瘦的模特兒的臉換成我自己，就覺得心情鬱悶。美繪子說：

「好像什麼不良少年成年禮的小混混。」

「不錯唷，就走這個路線，我也來染髮好了。」

美繪子斜斜地瞪了我一眼。

「你是不是一點也不期待？」

「沒這回事。」

最後，我們達成了結論——最好挑型錄裡較成熟的款式，顏色就選鈴音喜歡的綠色。美繪子還說明天要立刻殺去店裡看。

「啊，差點忘了最重要的事。到時候要怎麼穿？」

「我們應該可以自己穿吧？」其實我原本打算說得更有信心一點。

「嗯，但我以前只學過一些。髮型就一定要請別人弄了。」

原本只是想讓夫妻重拾話題的半開玩笑計畫，不知不覺已經不能回頭了。

「看來只能跟芙羅拉老實說了。」

美繪子歎了口氣。「芙羅拉」是美繪子常去的髮廊店名。我已經聽過太多美繪子的嘆息，所以我很清楚，這聲嘆氣與以往的不同，帶了點興奮。

XX

電視螢幕裡穿和服的女孩擺動著振袖，跳了起來。這是美繪子正在收看的電視劇中穿插的廣告。

美繪子小小聲地「啊」了一下。

我「嘿呦」一聲，撐起橫臥在地板上的身體，將矮桌上的遙控器悄悄搆到手邊。

「沒關係，放著吧。」

轉頭看我的美繪子一臉蒼白，白白的臉上有眼睛、嘴巴、鼻子的洞。她在敷面膜。據說面膜內側，含有美魔女御用的綠茶泥還是什麼的。

這一個月，美繪子傾注了滿滿的熱情讓肌膚、頭髮重拾青春。當然荷包也扁了不少。洗臉台上出現許久不見的護膚保養品，浴室裡還擺著「嚴禁」我使用的洗髮精、護髮乳與肥皂。那個叫什麼「去角質皂」的，據說可以溶解皮膚表層，除去老舊角質，加速新陳代謝。對我來說簡直像鬼故事。

「你有看到剛剛那女生的髮型嗎？」

「沒有。」男人只會先注意臉蛋和身材。

「那個髮型比較成熟，我的年紀應該撐得起來，如何？」

問我，我也沒轍啊。

「有事拜託你。」

「幹嘛，無臉男[3]。」

「幫我錄影。這是兩小時特別節目，那個廣告應該還會出現，我想當作參考。」

3 原文的「スケキヨ」是指橫溝正史《犬神家の一族》裡一個戴白色面罩的角色（指美繪子敷面膜），這邊改成了《神隱少女》中的「無臉男」，此角色應該較為讀者們所熟識。

美繪子將雙手舉到臉前，意思是她自己不能操作。

聽說手背是最能顯現出真實年齡的地方。最近美繪子每晚都會擦護手霜，戴上手套。她嘴上說不能拿遙控器，手裡卻操控著聽說滾一滾就能消除手臂贅肉的滾輪。用那種玩具就能消除贅肉嗎？我一面懷疑，一面結束錄影的操作，回到每天三組二十下的仰臥起坐上。儘管美繪子一臉懷疑地對我說：「只練腹肌，肚子也不會消吧？」

為了讓大紅色的花紋外褂合身，到正式典禮前我的目標是瘦五公斤，腰圍減五公分。身為男人的我，要扮成二十歲是不可能的，所以我打算搞笑到底，當作誘餌，分擔看向美繪子的目光——

但我果然還是討厭搞笑。

XX

新年休假的最後一天，我上了髮廊。這間店我第一次來。上一次到髮廊剪髮，已經是學生時代的事了。自從工作後，我都是到理髮廳剪髮，反正髮型也沒那麼重要。這幾年想打扮、變師的欲望也不知消失到哪裡去了，所以都是在千円理髮店解決。

「打算剪什麼髮型？」

留著一頭時尚髮型的男造型師，瞥了我的頭髮一眼，露出一臉無可奈何的表情。我其實沒有任何想法，只是為了完成和美繪子的約定才來染髮的。

「沒有啦，我想染髮……」

也是，看我現在這顆平凡的上班族頭，誰會聯想到要染髮呢？我把「只要染一點點就好，髮型就隨意」這句話嚥了下去。

美繪子那麼認真，把我天外飛來一筆的靈感當作浮木，我可不能只顧著自己明哲保身啊。

「請一口氣讓我變年輕，頭髮就染金色好了。」

造型師發出了「哦」的讚嘆聲。這出乎意料、幹勁十足的要求，似乎燃起了他的專業精神。他快步取來男性的髮型型錄，在我面前攤開。

「想要哪一種？」

「哪種都行，能不能讓我看起來像二十歲？」

他似乎覺得我在開玩笑，笑著回答我：

「饒了我吧，頂多三十五歲左右。」

明天要上班了。公司對於服裝儀容的要求並不嚴謹，但所有的男性同仁都沒染髮。別人會怎麼說我呢？唉，算了。管他們說什麼，反正我在公司早就「玩完了」。

為了別讓自己打退堂鼓，我決定閉上眼睛睡一會兒。

心想等我一睜開眼，就會變一個人。

乾脆換工作好了。我用打瞌睡前昏沉沉的腦袋想著。

XX

「還是別去好了。」

美繪子表情僵硬地嘀咕道。

「啊？事到如今還要反悔？」

我們剛搭到電車。大部分座位都被坐滿了，所以站在門旁。

一月十一日。目的地是離最近一站還有三站的成年禮會場。美繪子從青竹色的振袖中伸出手來，拉了拉我的紅色外褂衣襬。

「現在還來得及折回去。」

電車因為在等特快車通過，已經停了好一陣子。美繪子的腳似乎很想踏回月台，草屐發出啪噠啪噠的聲音。

其實我也一樣害怕。車裡到處都是身著和服的女孩，以及一看就知道還穿不慣西裝的男孩。見到「本尊」的一瞬間，我們才發覺自己不過是互相安慰、沉溺在幻想裡的笑柄罷了。

美繪子一早就去了預約的髮廊。穿好和服、做了頭髮回來。她說直到看見完全打扮好的自己，才被拉回現實。

「絕對不行，這不能見人啦。我明明拜託設計師髮型要樸素一點的。」

美繪子黑色的中長髮紮高，露出了後頸，梳向一邊。儘管髮尾像蒲公英的毛一樣翹起，令我有些吃驚，但這真的很適合她，不只因為她是我太太。我們夫妻因為美繪子不要，從五年前就沒了性生活，但她最近已經美得令我蠢蠢欲動了。

「是嗎？很適合啊。」

我就算了，但我認為美繪子真的能矇混過關。即便近看——說不定也只像三十出頭而已。

「還有這個髮飾。我明明交待不要花，可是設計師卻說只有這款。」

「拿下來不就好了？」

「不行，髮飾與髮型是融為一體的。滑稽的髮飾如果拿掉，就會變得更滑稽。」

「好為難啊。」

就在我們討論時，發車的鳴笛聲響了，門關了起來。

「啊——要是被笑怎麼辦？」

美繪子嘆了一口氣。其實不必擔心，因為已經被笑了。

美繪子並沒有察覺，在她青竹色的肩膀後方，一行剛成年的男男女女，一直用眼角餘光瞄向這裡，壓低音量偷笑。這些我都看在眼裡。

「總覺得我好像巡迴演出的演歌歌手喔。」

「妳這麼一說，那我豈不成了擔任巡迴演出主持人的不紅藝人？」

我猜電車裡的視線，其實大多集中在我身上。他們笑的不是順利扮成年輕女孩、遠遠看過來根本不會被揭穿的美繪子，而是根本不打算偽裝，卻套了件大紅色外褂與銀色袴裙的詭異中年男子。為了這天我已經減了三公斤，不過當然一點用處也沒有。

我摸著兩側剃掉、頭頂抓高的頭髮。在髮廊推薦下購買的髮蠟，好像抹太多了。站起來的髮絲，都要刺穿手掌了。

髮色是灰褐色。我毫不猶豫決定染「金」色，但造型師阻止了我。「客人，您若把頭髮剪短又染金，會很……該說恐怖嗎？……染金色不會帥。」

這就是為什麼，部下和同事都對我冷冷的，連公司年紀比我小的上司都不敢正眼看我的原因？為了測試，我對著偷笑我的年輕男孩們用力皺了一下眉頭，瞇起眼睛把臉轉向他們。無聲的嘲笑瞬間就停止了。

「到了，下車吧。」

「還是回去吧，留得青山在，不怕沒柴燒。」

大概是穿了和服，美繪子說起話來像在演古裝劇。

「不行，按照預定，背水一戰。」

我也用時代錯亂的口吻說道，隨即握住美繪子的手臂，把她從門旁的扶手上拉下來。

現在回去，又要過唉聲嘆氣、悔恨交織的日子了。我想在今天做個了斷。

與其說為了鈴音，不如說為了我們自己。或許，我們得讓那老是在同個地方搖擺的悲傷計量錶，狠狠震盪一下。

我與美繪子，也需要成年禮。

從車站走到市民文化中心會場，簡直跟犯人遊街示眾沒兩樣。前後左右都是盛裝打扮、剛成年的年輕人。我與美繪子，則是混進天鵝群裡的渡渡鳥。

「欸，他們在笑我們對吧？」

低頭的美繪子，拖著宛如正被帶往公開行刑場般的步伐。

「妳想太多啦。別人才不會像我們想像中的那麼在意自己。」

在鈴音的葬禮上，許多人都哭了。除了親戚，還有鈴音的朋友、同學、鄰居，以及我和美繪子的友人。

但過了五年的現在又如何呢？大家早就把鈴音忘得一乾二淨，照樣過日子。這是當然的，鈴音是外人嘛。忘不掉的，只有我和美繪子而已。

我牽著唯一與我擁有共同的悲傷，緊跟在我身旁，在我看來很適合奇妙年輕扮相的、四十五歲少女的手。

「別在意，不要把別人當作反映自己的鏡子。」

文化中心前，湧現了許多等待集合的年輕人。美繪子的身體縮得愈來愈小，但大家的注意力，全都擺在聊天、手機與自己的裝扮上。不過，當他們看見我們的模樣，還是會產生三種反應。驚訝、愣住、笑。

我們強行穿越人牆，朝入口前進。被推開的人群怒氣高漲，對著我們惡毒地竊竊私語起來。

「那什麼啊？某種表演嗎？」

「怎麼看都是中年大叔吧？還是得了罕見疾病？」

「病的應該是腦子吧。」

「女生應該只是臉比較老成？」

「也太老成了吧？」

即便是把臉埋在雪白茸毛披肩裡隔絕外界的美繪子，耳裡想必也聽見了隻言片語。

「他們剛才說什麼？」

「哦，他們說那個女生，好成熟好漂亮。」

美繪子像鈴音一樣發出嬌嗔。

「笨蛋。」

穿過門口一進去，正面擺著像盤問處一樣的登記櫃台。

我本來想快步通過，但不巧和其中一位工作人員對到眼。

「這位先生，不好意思，家長不能入場。」

櫃台的工作人員是個身著新西裝的纖瘦男孩，大概是剛成年的義工吧。我漲紅著臉，鼓起胸膛說道：

「不是家長，是參加典禮的人。」

工作人員的眼神游移起來，一副有人來鬧事的表情。我試著硬闖，但另一名男性櫃台人員——體型壯碩、西裝都快綳開的年輕人，擋住了我。

「請問您有攜帶邀請函嗎？」

他的語氣比纖瘦男世故多了。我把手伸進和服的懷裡，甩了甩外褂的袖子，回答：

「啊，忘了。」

西裝爆破男似乎並不打算陪我演這一齣鬧劇。

「抱歉，沒有邀請函不能入場。」

「不是啊，剛才那個女生也沒帶啊。」

我指的是在起糾紛的我們眼前結束登記的一群女生。其中一人嬌聲喊著「人家忘記帶了啦——」纖瘦男就色瞇瞇地笑著讓她通過了。

西裝爆破男應該不是學生，而是社會人士。他用一板一眼處理工作的語氣說道：

「若能確認住址，就沒問題。」

「住址我可以寫啊。」

我已經不再是我自己，而是完全不同的另一人了。總覺得鈴音在某處看著我們，我不想讓她見到我軟弱的模樣。我的心已經徹底化為守護鈴音、留著年輕棕髮、身著紅色外褂的蠢男人了。

「請您離開吧。」

美繪子把臉埋在毛茸茸的披肩裡，不知所措地望著我。她大概是在抗議怎麼跟說好的不一樣吧？

背後傳來聲音。

「那個，鈴音的——」

聲音來自三個身著五顏六色和服的女生。穿紫色振袖的女孩，杏眼圓睜地看著我們。美繪子的聲音裡帶著安心。

「啊，是郁美。」

我記得郁美，她是鈴音國中時期的好朋友，經常來我們家玩。但我印象中的她，是個胖嘟嘟，留著香菇般妹妹頭的女孩。而眼前的郁美已經完全瘦下來了，高高紮起的橙色玉米鬚髮絲在頭頂爆炸，睫毛像牙刷一樣。鈴音一定是黑直髮，搞不好只是父母的幻想而已。

「你們怎麼穿成這樣呢？」

「說來話長——」

總之我們決定先退開櫃台。

「這樣啊，代替鈴音……我沒想到她，對不起……如果你們早點和我們商量就好了。」外貌雖然不同，但郁美的善良體貼似乎沒變。美繪子的一席話，害她一直吸鼻涕。

「等一下唷。」

郁美拿起手機，用那長到令人難以想像如何敲螢幕的指甲，速度驚人地打了簡訊或LINE，結束後，又通電話給好幾個人。

沒過多久，原本待在會場某處的郁美的朋友，陸續聚集到我們身旁。典禮快開始時，已經超過十人了。

郁美將大家的邀請函疊成一束，沉甸甸地放在櫃台上。

「這是邀請函，我們有十三個人，但有三人忘了，總共十張。」

郁美的其中一位男性友人，似乎認識西裝爆破男。

「可以吧？山下巡警。」

不曉得他是真的警察，還是只是綽號。西裝爆破男山下巡警露出了還想說什麼的表情，但在他開口前，將我和繪美子團團圍住的一群人，便緊緊黏成一團，衝進了場內，還向山下巡警敬禮打招呼。

「謝啦。」

我也有樣學樣。

「謝啦。」

從以前就是這樣。雖然我也不抱期待，但典禮真的很乏味。剛滿二十歲的年輕人，根本沒在聽市長的致詞與來賓的祝賀，聊天的音量變成了嗡嗡聲，迴盪在整座會場中。自稱某校前校長的教育委員長一說話，還響起一片噓聲。哎呀，我發覺這群年輕人，跟將近三十年前的我挺像的。

但今天的我，卻老老實實地聽著台上與我年紀相仿的中年大叔們說話。美繪子也表情乖巧地聽著。是啊，今天出席的可不是我們，而是鈴音。先不論我們是否把鈴音教成一個會乖乖聽長官祝賀的孩子。

「剛剛那女的你看到了嗎？不管怎麼看都是阿姨吧？」

我們斜後方傳來咬耳朵的聲音。

「為什麼會在這裡？頭殼壞了嗎？」

他們說的是剛才回頭看誰發出噓聲的美繪子。美繪子又再度縮起身子，我迅速把頭轉向聲音來源的方向。

那是兩個穿花俏外褂的男生。他們對著比美繪子更怪的「剛成年」的我，不約而同啵地一聲張開嘴。

「你們剛才說什麼？」

我心裡其實怕得發抖，但依然裝出凶狠的模樣，瞪了他們一眼。兩人迅速把眼神瞥開。

美繪子拉拉我的袖子，說道：

「不要這樣啦。」

簡直就像在唆使我多做一點。

典禮結束了，我們加入走向出口的行列。我已經不再在意周遭的目光，美繪子似乎也一樣。當隊伍散開、後面的人潮推擠過來時，她雙手摟住了我的手臂。

已經多少年沒和美繪子手勾手了呢？何止五年，光從鈴音能獨立走路開始，她就只有搭搖搖晃晃的電車時才會摟我。

「好開心唷，雖然覺得對鈴音不好意思。」

美繪子的聲音高亢起來。

「我也是，但鈴音肯定不會抱怨的，看到我們被笑，她才開心哩。」

鈴音兩歲還三歲的時候，我們夫妻倆曾為了芝麻綠豆的小事吵架，各自佔據餐桌的一端，以沉默互為武器，打起冷戰。當時鈴音把在客廳讀的故事書扔到一旁，由下往上偷看我的臉，用還不靈巧的舌頭牙牙學語道：

「一加一是？」

接著跑到美繪子跟前，做一樣的事。

這是我拿相機拍人時一定會講的台詞。我不喊老套的「西瓜甜不甜？」而是用這一句。

鈴音記住了這句話，大概覺得它是帶來笑容的魔法咒語吧。

郁美在會場的前院朝我們揮手。

「鈴音爸爸——鈴音媽……鈴音——一起來拍照吧！」

穿著粉紅色振袖的女孩將手上的紙攤開。

「鏘鏘！對不起，我們忘記鈴音了。」

A3尺寸的紙上，印著鈴音一比一的大頭照。

這應該是把五年前從手機簡訊存下的照片帶到便利商店列印、放大而來的。

鈴音在笑，雖然有些模糊，但我一點不在意。進入青春期後，她開始閃避鏡頭，相機裡盡是這種只拍到模糊影像的照片。

我泫然欲泣，美繪子則已經嚎啕大哭了。約十人以上的年輕男女，真的朝著鏡頭，擺出ＹＡ的姿勢。

「不愧是美魔女，鈴音媽媽看起來真的像二十歲唷。」

負責拿手機拍照的郁美說道。美繪子又哭又笑，像歐巴桑一樣單手如招財貓揮了揮。

我拿出只為了拍美繪子——美繪子的鈴音而帶來的相機。

「這次換我這邊拍囉。」

大家聚集在將鈴音照片攤開在臉旁的美繪子身邊。架起相機的一瞬間，我知道郁美說的都是客套話。一被真正的二十歲小姑娘包圍，難過的是，美繪子的年齡根本掩蓋不住。

年輕的孩子們，當然不只女孩、男孩也是，他們充滿光澤的肌膚反射著陽光，閃閃發亮；而美繪子則把光線都吸收掉了。

沒關係，這就是大人的魅力啊。我決定在這次滑雪季結束前，帶美繪子一起去滑雪。乾脆去加拿大好了，順便看看極光。

我把鏡頭鎖定美繪子與鈴音，悄悄拍了一張特寫，換上長鏡頭。

取景窗裡，大家的臉小得像豆子一樣。一成了豆子，美繪子的年紀就不明顯了，原本母女倆就五官神似，這下美繪子變成了真正的鈴音。

十五歲的鈴音、二十歲的鈴音、她的朋友，與美繪子。面對一月的嚴冬，我放大音量喊道：

「一加一是？」

忽略「不是西瓜甜不甜嗎？」的抗議聲，重覆一次。

「一加一是？」

然後，將即便二十歲，只要爸爸請她面對相機，就一定會說的那句台詞，在心裡悄聲唸出來。

「三！」

看得見海的理髮廳

作者｜荻原浩
譯者｜蘇暐婷
封面設計｜白日設計
責任編輯｜高鶴軒、陳珮瑄
行銷企劃｜王儷璉
業務｜林一凡
發行人｜王永福
出版者｜新雨出版社
地址｜新北市三重區重安街一〇二號八樓
電話｜02-2978-9528
傳真｜02-2978-9518
服務信箱｜a68689@ms22.hinet.net
郵政劃撥｜11954996 戶名：新雨出版社
出版登記｜局版台業字第 4063 號
出版日期｜二〇二三年十一月二版
ISBN｜978-986-227-329-6



歡迎讀者郵政劃撥訂購本社圖書

※ 如有缺頁、誤裝，請寄回更換

國家圖書館出版品預行編目 (CIP) 資料

看得見海的理髮廳／荻原浩著 ； 蘇暐婷譯—二版—新北市
新雨，2023.11 面； 公分—（文學步道；LT42）
譯自 ： 海の見える理髮店
ISBN 978-986-227-329-6（平裝）

861.57 112016436